KB181040

하나님의 선물

성탄의 기쁨

김호식 · 김창주 목사 설교모음

초판 1쇄 발행 ㅣ 2018년 12월 15일

지은이 ㅣ 김호식 · 김창주
펴낸이 ㅣ 최대석
펴낸곳 ㅣ 행복우물

사 진 ㅣ 황소연
마케팅 ㅣ 최 연
편 집 ㅣ 엠피케어(umbobb@daum.net)
표지디자인 ㅣ 서미선(mindmindms@gmail.com)

등록번호 ㅣ 제307-2007-14호
등록일 ㅣ 2006년 10월 27일

주 소 ㅣ 경기도 가평군 가평읍 경반안로 115
전 화 ㅣ 031)581-0491
팩 스 ㅣ 031)581-0492

이메일 ㅣ danielcds@naver.com
홈페이지 ㅣ www.happypress.co.kr
ISBN 987-89-93525-61-8(03810)
정 가 14,000원

하나님의 선물
성탄의 기쁨

|

김호식 · 김창주 목사 설교모음

김호식 · 김창주 지음

행복우물

책을 시작하며…

요즘은 한국교회에서도 교회력을 따라 설교하는 목회자가 많아졌습니다. 일선에서 목회하다 보면 우리나라 목회자들에게는 설교해야 할 횟수가 너무 많다는 사실을 공감합니다. 게다가 대림절과 사순절 기간에는 '같은 주제에 맞추어서' 해마다 몇 번씩이나 설교해야 하니 정말 쉬운 일이 아닙니다. 비록 교회절기에 맞도록 주어진 성서일과(3가지 본문)로 설교하지는 않는다 하더라도, 대림절 촛불은 하나씩 늘어나고 있는데 '성령강림절'이나 '오순절 설교'를 할 수는 없습니다.

이 작은 설교집은 일선 목회자들의 대림절과 성탄절 설교준비를 돕기 위해서 나온 것입니다. 이런 발상은 나와 동사 목사였던 김창주 목사님의 아이디어입니다.

설교의 아주 간단한 정의는 '텍스트(text)를 컨텍스트(context)에 가져와서 재해석하는 작업' 또는 '텍스트를 컨텍스트에 가져와서 동시대화(contemporize)하는 작업'입니다. 본문(text)은 해마다 같아도 삶의 정황이나 문맥(context)은 해마다 다르니까 이 설교집을 활용하시는 분들은 컨텍스트에 나름대로의 해석이나 해설을 덧붙여야 합니다. 물론 해석할 때는 의역이어야지 직역이면 안 됩니다. 직역하면 듣는 회중이 민망할 때도 있습니다.

내게 「가장 훌륭한 25편의 명설교」(생명의 말씀사 1989)라는 설교집이 있는데, 영어를 사용하는 나라의 기라성같은 대설교가들이 각자 자기의 베스트 설교 한 편씩을 내어 만든 설교집입니다. 그런데 읽어보면 별로 감동이 없습니다. 그 이유는 그분들이 활동하던 시대와 지금의 시대가 다르기 때문입니다. 그래서 시대를 뛰어넘는 설교라는 것은 존재하기 어렵습니다.

여기에 수록된 설교는 완성된 것이 아니라 설교의 씨앗 같은 것입니다. 계란으로 치면 껍질이 완성되지 않아 물렁물렁한 계란인 셈인데, 알을 낳아야 할 시간이 되어서 시간을 맞추느라고 덜 된 상태로 낳은 것입니다. 여기에 여러분의 작업과 정성이 더해지면 좋은 설교가 만들어질 것입니다.

2018년 12월
김호식 목사

contents

책을 시작하며 … 4

김호식 목사 설교모음

김창주 목사 설교모음

김호식 목사
설교모음

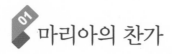

01 마리아의 찬가

"마리아가 이르되 내 영혼이 주를 찬양하며
내 마음이 하나님 내 구주를 기뻐하였음은…"
(눅1:46~50)

"그의 팔로 힘을 보이사 마음의 생각이 교만한 자들을 흩으셨고
권세있는 자를 그 위에서 내리치셨으며…"
(눅1:51~55)

오늘은 대강절 첫 주일입니다. 대강절(대림절, advent)은 주
님이 오시는 것을 기다리는 계절입니다. 누가복음 1장
에 나타나는 '마리아의 찬가'에서 마리아는 성령으로 잉태되었
다는 가브리엘 천사의 통고를 받고 세례 요한의 어머니이자 친
척이 되는 엘리사벳을 찾아갑니다. 그때 엘리사벳은 세례 요한
을 잉태한지 6개월이 된 때였습니다.

엘리사벳의 축하

마리아가 오는 것을 본 엘리사벳은 마리아에게 이렇게 말합니다.

> **"당신은 여인들 가운데서 가장 큰 복을 받았고 당신의 태중에 있는 아기도 축복받은 분입니다. 내 주의 어머니께서 내게 오시다니 이 어인 일입니까? 보십시오. 당신의 인사가 내 귀에 들릴 때 내 태중의 아기가 뛰어 놀았습니다. 주의 약속이 이루어짐을 믿는 여인은 참으로 행복합니다."** (새번역)

그러자 마리아는 엘리사벳의 축복에 대한 답창으로 오늘 본문에 나오는 시를 읊었습니다. '마리아의 찬가'는 영어로 '마그니피카트(Magnificat)'라고 하는데 본문 46절의 라틴어 번역, Magnificat anima mea Dominum의 첫 단어를 따 온 것입니다. 종교음악에서 Magnificat는 영창(Canticum)의 하나입니다. 서양에서는 아주 일찍부터, 즉, 성 베네딕투스 이래로 이것이 찬가에 들어가 있었습니다. 또 우리가 알다시피 바흐의 오라토리오 마그니피카트는 대강절(대림절) 기간 중에 자주 연주되는 곡입니다.

나는 젊은 날 미국 유학 중에 어느 미국인이 초대해 주어서 Magnificat를 들을 기회가 있었습니다. 미국의 유명한 솔리스트들이 비행기를 타고 와서 연주하였는데, 특히나 인상 깊었던 것은 지휘자가 450명의 합창단을 마치 하나의 악기를 다루듯이 지휘하던 광경이었습니다. 돌아오는 길에 나를 초청해 준 분이 오늘 연주가 어땠느냐고 묻기에 "The Magnificat was magnificient.(마그니피카트는 웅장했습니다)"라고 대답했던 기억이 있습니다.

그러나 자세히 그 내용을 뜯어보면 이 노래는 찬가가 아니라 가난한 여인의 피나는 소망과 하소연이 담겨 있는 노래입니다. 이 노래를 이해하려면 최소한 두 가지 배경의 이해가 선행되어야 합니다. 하나는 이 노래가 불리어진 때의 정치적이고 국제적인 정황이요, 또 하나는 이 노래의 작가 마리아에 대한 이해입니다.

시대적 · 역사적 정황

첫째로 팔레스타인은 아름다운 대로마의 문명권 안에 있으면서도 로마 세계의 일원으로 대우받지 못하였을 뿐만 아니라 극히 보잘 것 없고 빈한한 식민지였습니다.

이와 같은 현실적인 빈곤은 그들 역사의 황금시대였던 통일

왕국을 그리워하게 했으니, 예수를 '이새의 뿌리' 또는 '다윗의 후손'이라고 부르는 데서 보듯이 그들의 노스탈지아가 역력합니다. 식민지로부터의 수탈로 부자가 된 침략자이자 정복자인 로마는 유대민족에게 물질적 정신적 공백을 갖다 주기에 충분했고, 로마의 세력에 아부하는 국내의 권력 구조는 '외세에 예속된 권력'임에도 불구하고 기고만장하여 결코 '국민을 생각하는' 자들이 아니었습니다. '새것의 탄생'을 겁내어 베들레헴의 영아를 살해한 자는 로마인 총독이 아니라, 국내의 권력자 헤롯이었습니다.

마리아는 어떤 여인?

둘째로 예수를 잉태하고 분만했던 마리아는 어떤 여인이었을까요? 그녀는 결코 중세교회가 윤색했던 것처럼 천상의 미를 지닌 비너스처럼 우아하고 세련된 예술품은 아니었으며 나사렛의 한 빈한한 농부의 딸이었을 것입니다.

적어도 그녀로부터 중세의 성화에서 나오는 후광과 찬란한 의상을 제거하지 않는 한, 마리아의 찬가를 여실한 '삶의 정황'에 돌아가서 볼 수는 없을 것입니다. 가난 속에 태어나고, 가난을 먹고 자라고, 가난한 집으로 시집간, 그런 가난한 여인을 보지 못하고서는 우리는 그녀의 기구한 운명을 정신주의적으로만 해석하는 오류를 범하게 됩니다.

마리아의 찬가는 크게 두 부분으로 나눌 수 있으니 전반부(46~50절)은 '천한 여종'이 하나님께 드리는 '찬양'이요, 후반부(51~55절)는 비록 문법적으로는 미래형으로 기술되어 있지 않으나, 억눌리고 가난한 여인의 '희망적 간구'입니다.

오늘과 같이 인권이 문제되고 배고픔이 세계적 화제로 대두되는 현실에서 진정한 크리스마스의 메시지는 후반부에 있습니다. 그 중요한 메시지를 정리하면 다음과 같습니다.

첫째, 마음이 교만한 자를 흩어버리고, 둘째, 제왕들의 권력을 낮추고, 셋째, 낮은 사람들을 높이고, 넷째, 주린 사람들을 좋은 것으로 배부르게 하고, 다섯 째, 부한 사람들은 빈손으로 떠나보내는 일입니다.

이것보다 더 기본적이고 현실과 밀착된 크리스마스 메시지가 또 따로 있을까요? 자유와 평등은 사회정의의 두 기둥입니다. 자유 없는 평등은 참 평등이 아니며, 평등 없는 자유도 참 자유가 아닙니다. 그런 의미에서 공산주의도 자본주의도 틀린 것입니다.

스탠리 존스(Stanley Jones)에 의하면, '마리아의 찬가'는 이 세상에서 가장 혁명적인 문서입니다. 하나님께서 선포하신 그 세 가지 혁명적 문서의 내용은 다음과 같습니다.

도덕적 혁명

첫째 혁명은 '도덕적 혁명'입니다. "하나님은 마음의 생각이 교만한 자들을 흩으신다"(51절)고 하셨습니다. 이 세상의 모든 교만을 죽이러 오신 분이 바로 예수 그리스도이십니다.

우리나라에는 '새마을 운동'을 시작한 대통령이 있었습니다. 그 분이 시작한 새마을 운동으로 우리가 잘 살게 되었습니다. 그 '새마을 운동'은 나중에 '새마음 운동'으로 발전되었습니다. 결국 경제적인 부흥과 성장정책으로 우리가 잘 살게 되자, 그 다음은 우리 국민들의 마음을 고쳐야 할 필요를 느꼈던 것입니다.

역대 대통령들이 바뀔 때마다 '사정', '적폐청산', '범죄와의 전쟁'을 선포하지 않은 정권이 있습니까? 실로 한 나라의 멸망은 경제적인 빈핍에서 오는 것이 아니라, 도덕적인 빈핍에서 오는 법입니다. 개인의 집에도 귀한 손님이 오시면 대청소를 하고 손님을 맞을 준비를 하듯이, 크리스마스에는 주님 맞이

대청소, 즉, 대대적인 회개 운동이 일어나야 하겠습니다.

지금 우리 경제가 어렵다고들 합니다. 그러나 경제가 어렵다고 경제 이야기만 하는 것은 바람직하지 않습니다. 예수님께서도 "사람이 떡으로만 사는 것이 아니요, 오직 하나님의 입에서 나오는 말씀으로 산다."고 하셨습니다. 그리고 아모스는 "양식이 없어서 기근이 아니요, 마실 것이 없어서 기갈이 아니라, 하나님의 말씀이 없어서 기갈이라."(8:11)고 하셨습니다.

성탄을 맞이하여 대대적인 회개운동, 도덕적인 반성과 거듭남이 있어야 할 것입니다. 베드로 전서에서는 "서로 겸손으로 허리를 동이라. 하나님은 교만한 자를 대적하시고, 겸손한 자에게는 은혜를 주시리라."고 하셨습니다. 그리고 "나를 사랑하고 내 계명을 지키는 자에게는 천대까지 은혜를 베풀겠다."고 약속하셨습니다.

사회적 혁명

두 번째는 "권세 있는 자들을 낮추시고 비천한 자를 높이시겠다."(52절)는 '사회적 혁명'입니다. 세계 역사는 자유 쟁취의 역사입니다. 온 천하를 주고도 바꿀 수 없는 인명을 학살하고 인민을 억압하는 인물이나 제도와 법률은 하나하나 없어지고 있는 중입니다.

미국의 인권 단체인 프리덤 하우스(Freedom House)에서 세계 191개 국가의 자유 향유도를 측정하고 기본적인 권리와 정치, 시민생활, 언론의 자유가 존재하지 않고 생활에 억압을 받거나 탄압을 받는 4개의 나라를 발표했는데, 그들 국가는 북한, 이라크, 수단, 그리고 쿠바였습니다. 물론 그 중에서 최악은 북한이었습니다. 하루 속히 그리스도가 북한에 전해지고, 북한에 복음이 전파되어야 하는 이유도 바로 여기에 있습니다. 그리스도가 북한에 들어가면 사회적 혁명이 일어날 것이기 때문입니다.

인도에는 아직도 카스트 제도가 있습니다. 인도의 인구 97%가 힌두교를 믿고 있기 때문입니다. 만약 인구의 97%가 크리스천이라고 한다면 인도는 변했을 것이고, 카스트 제도는 무너졌을 것입니다.

1986년, 필리핀과 아이티, 두 나라의 독재자들이 물러났습니다. 두 나라의 상황에서 공통점은 두 나라 모두 기독교가 해방에 결정적인 역할을 했다는 점입니다. 민주주의가 기독교 국가들에서 먼저 확립되었다는 사실은 그리스도와 사회개혁이 깊은 연관성을 가지고 있음을 말해 주는 것입니다.

경제적 개혁

세 번째는 '경제적 개혁'입니다. "주린 자들을 배불리시고, 부자들을 빈손으로 돌려 보내신다."(53절) 이 구절은 마리아가 실제로 배고파 보았다는 증거입니다. 참으로 예수를 잘 믿는 사람은 가난하지 않아야 합니다. 가난하지 않음으로 남에게 나누어 줄 수 있어야 합니다.

누가복음 12장 42절은 "지혜 있고 진실한 청지기가 되어 주인에게 그 집 종들을 맡아 때를 따라 양식을 나누어 줄 자 누구냐?"라고 묻습니다. 크리스천은 하나님의 양식을 맡아서 가지고 있다가 사람들에게 때를 따라 양식을 나누어 줄 자들입니다. 청지기는 자기 재산이 아니라, 주인의 재산을 위임받아 관리하는 자입니다. 그러므로 크리스천의 재산관은 내 것이 아니라, 하나님의 것을 맡아 관리하는 자임으로 자신의 쾌락을 위해서 돈을 사용하지 않습니다.

원래 큰돈을 기증하는 사람들은 자기 자신의 쾌락을 위해서는 돈을 쓰지 않습니다. 그들 중 어떤 사람들은 새우젓 장사를 하거나 김밥 장사를 해서 아끼고 저축해서 그 돈으로 더 어려운 사람들을 돕습니다. 남을 잘 도와주는 사람은 절대로 남아서 도와주는 것이 아닙니다. 그 사람 속에 그리스도가 계시기 때문에 남에게 주는 것입니다.

서구 기독교 국가들이 고루 잘 사는 것을 보게 됩니다. 이 점은 힌두교, 불교, 이슬람 국가들에 비해서 개신교가 왕성한 국가들이 확실히 경제정의가 실천되고 있음을 보여주는 좋은 예입니다. 그런 나라들은 사회복지도 잘 되어 있습니다.

예수님께서 먹는 일을 얼마나 중요하게 생각하셨는가는 주님이 가르쳐 주신 기도문을 보면 잘 알 수 있습니다. 주기도문에는 일곱 가지의 기원이 있는데, 그 중에 세 가지는 하나님께 대한 기도이고, 네 가지는 인간에 대한 기도입니다. 인간을 위한 기도 네 가지 중에서 첫째가 양식을 달라는 기도입니다.

주님은 매일 일용할 양식(daily bread)을 달라고 기도하라고 가르치셨습니다. 그런데 사람들은 10년 동안 먹을 양식, 30년 동안 먹을 양식을 위해서, 혹은 아예 죽고 난 다음에 자식들에게 물려 줄 양식까지 구하다 보니 점점 욕심쟁이가 되고, 이기주의가 되고, 이웃들에게 더 몰인정하게 된 것입니다. 그 결과 썩어 없어질 것을 쌓고, 쌓고, 또 쌓는 꼴이 되고 말았습니다.

만약 한 테이블에서 두 사람이 식사를 하는데 한 사람은 라면을 먹고 또 한 사람은 비프 스테이크를 먹는다면 두 사람 사이에 대화가 잘 되겠습니까? 한 테이블이라는 물리적인 거리는 가까울지 몰라도, 마음의 거리는 멀기 때문에 대화가 될 수가 없습니다. 이와 같이 같은 한반도에 있으면서 북한과 대화를 하자고 해도 잘 되지 않는 것은, 북한의 통치자들은 전 인민의 1/3인 700만 명이 굶어 죽어도 좋다고 공공연하게 말하기 때문입니다.

마리아가 예수님의 탄생 소식을 듣고 경제 회복을 노래했듯이 금년 대강절을 지내고 내년 봄, 경제지표의 저점을 통과한 다음, 우리 경제가 상승세를 탈 것이라는 희망을 보기를 바랍니다. 비록 마리아는 비극의 여인이었지만 결국 영광의 여인이 되었습니다.

오늘날 마리아는 9억이 넘는 신자들로부터 숭배를 받는 지상 최고의 여인이 되었습니다. 이태리에 가게 되면, 싼타 마리아라는 성당이 많은 것을 보게 됩니다. 그 말의 뜻은 '성모 마리에게 봉헌된 교회'라는 뜻입니다. 불어로 노뜨르담도 같은 뜻입니다. 즉, '우리의 성모님'이라는 의미입니다. 불어의 노뜨르담이나 이태리어의 마돈나는 모두 같은 뜻입니다. 오페라에서 여주인공을 프리마돈나(Prima donna)라고 하지만, 그 역시 성모 마리아에 어원을 두고 있습니다. 이처럼 마리아는 음악에서도, 미술에서도, 조각에서도, 문학에서도 많은 찬미를 받고 있습니다.

초대교회 시대에 있었던 천사 숭배론은 세월이 지나감에 따라 쇠퇴하고 마리아 숭배론이 대두하게 되었습니다. 그 이유에는 종교심리적인 측면이 있습니다. 인간 심성의 필연적인 요구의 결과입니다. 인간은 영원한 모성(母性)을 찾는 존재입니다. 인간이 여성의 자궁을 빌어 그 뱃속에서 태어나는 한, 인류는 거룩한 어머니의 상, 모성을 찾는 것입니다. 마리아가 태어나기 전, 그레코로만의 세계에서는 비너스나 아프로디테와 같은 여성을 모성의 모델로 삼았습니다. 그러나 마리아가 나타나자 모두 밀려나고 마리아만이 위대한 여인으로 추앙을 받게 된 것입니다.

아, 마리아!

그러나 마리아야 말로 가난한 집에서 태어나서 교육도 잘 받지 못했고, 빼어난 미인도 아니며, 가난한 목수에게 시집가서 남편은 아이만 많이 낳고 일찍 죽었습니다. 맏아들을 의지하며 살았지만, 그도 30세에 출가(出家)하고, 33세의 젊은 나이로 억울한 죄명을 뒤집어쓰고 처참하게 죽었으니 마리아야 말로 불쌍하고 기구한 운명의 여인, 고난의 여인입니다.

그러나 그의 삶은 기독교의 구원의 공식을 드러내고 있습니다. 그녀가 가르쳐 준 첫 번째 구원의 공식은 십자가를 통과한 후에 부활이 있고, 고난 후에 영광이 온다는 공식입니다. 우리가 잘 부르는 찬송가(487장) 중에 이런 찬송이 있습니다.

　"어두움 후에 빛이 오며, 바람 분 후에 잔잔하고, 소나기 후에 햇빛 나며, 수고한 후에 쉼이 있네, 괴로움 후에 평안 있고, 슬픔 후에 기쁨 있고, 멀어진 후에 가까우며, 고독함 후에 친구 있네, 고생한 후에 기쁨 있고, 십자가 후에 영광 있고, 죽음 온 후에 영생하니, 이러한 도가 진리로다."

　그렇습니다. 고난 없이 바로 영광으로 직행 할 수 없습니다. 남성에게 있어서의 인간의 모델은 예수 그리스도이십니다. 여성의 모델은 마리아 입니다. 그러나 이 두 사람 모두 고난 가득한 비극적인 사람이라는 공통분모가 있습니다.

　마리아의 삶이 보여주는 두 번째 구원의 공식은 중간 매개체가 있어야 구원이 가능하다는 것입니다. 예수는 본래 하나님과 같은 분이셨습니다. 그런데 인간의 몸을 입고 세상에 오신 하나님이십니다. 그렇다면, 오실 바에야 하늘에서 뚝 떨어지는 대(大)기적, 슈퍼맨처럼 오시지 하필 마리아의 자궁을 빌어 오셨을까요? 말씀으로 천지를 창조하신 분이 인간 구원도 말씀으로 하시지 왜 수속 복잡하게 인간을 도구로 사용하시나 하는 물음입니다.

여기 두번째 공식의 답이 있습니다. 하나님은 인류 구원을 위하여 독생자를 보내실 때, 중간 도구를 사용하셨다는 사실입니다. 하나님의 뜻을 받들어 자기희생을 감행하며 겸손히 자기를 드릴 마리아를 도구로 사용하셨다는 진리 말입니다. 마리아 없이 예수님이 세상에 오시지 못하시는가? 마리아의 자궁을 빌리지 않으면 구세주는 태어나지 못하시는가? 하나님의 역사 운영은 당신이 손수 역사의 전면에 나와서 일을 척척하시는 방식인가요? 아닙니다. 하나님은 배후에 계시고 전면에는 언제나 자기희생을 감행하는 하나님의 도구, 하나님의 사람이 앞장서는 법입니다.

사랑하는 교우 여러분, 오늘도 하나님은 이런 사람을 찾고 계십니다.

침묵하십시다.

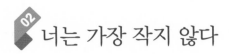

02 너는 가장 작지 않다

"일어나라 빛을 발하라. 이는 네 빛이 이르렀고
여호와의 영광이 네 위에 임하였음이니라"
(사60:1~2)

"헤롯 왕 때에 예수께서 유대 베들레헴에서 나시매
동방으로부터 박사들이 예루살렘에 이르러 말하되…"
(마2:1~6)

메리 크리스마스! 성탄의 축복이 여러분과 여러분의 가정
에 충만하시기를 기원합니다.

작은 것과 초라한 것

2000년 전, 오늘이 지구를 뒤집어 놓은 날이고 인류의 문명
을 바꾸어 놓은 날입니다. 오늘은 인류를 향한 하나님의 용서
의 선언이 선포된 날입니다. 그럼에도 불구하고 예수의 탄생은
작고 초라하고 빈약하고 가난한 모습이었습니다. 여기에 하나

님의 비밀이 있습니다. 여기에 하나님의 인류구원의 방식이 있습니다. 크고 위대하고 찬란한 것을 도구로 삼으시지 않고, 작고 초라한 것, 더 나아가서 더럽고 수치스러운 것을 도구로 삼으신 비밀 말입니다.

하나님의 비밀을 모르는 사람은 헤롯과 아기 예수가 대결하면 헤롯이 이기고, 빌라도와 예수가 대결하면 빌라도가 이기고, 막강한 중세의 교회와 일개 개인인 루터가 대결하면 중세의 교회가 이긴다고 생각할 것입니다. 큰 제방의 붕괴는 아주 작은 모래구멍에서 시작하고 문화의 누벨바그(새물결, La Nouvelle Vague)는 가난하고 초라한 예술가에서 시작합니다.

사실 예수가 굉장히 높고 찬란한 신분으로 태어났으면 낮고 천한 '땅의 사람들'(암 하아레쓰)은 접근할 수 없어 그들의 친구가 되지 못했을 것입니다. 마구간에서 태어났다는 것은 동물과 사람의 경계선에서 태어났다는 뜻입니다.

예수님이 나신지 2000년 후에 지구 위의 작은 나라, 한국에서 그의 나심을 환영하는 여러분은 위대한 사람들입니까? 휴전이 성립하던 때만해도 우리는 정말 가난하게 살았습니다.

"형제들이여, 여러분이 부르심을 받았을 때의 일을 생각해 보시오. 인간적으로 볼 때 지혜 있는 사람이 많지 않았으며 권력 있는 사람이 많지 않았으며 가문이 훌륭한 사람도 많지 않았습니다."
(고전1:26 새번역)

"하나님께서는 세상의 미련한 것들을 택하시어 지혜있는 사람들을 부끄럽게 하시고 세상의 천한 것들과 멸시 받는 것들을 택하시어 강한 것들을 부끄럽게 하시는 분이십니다." (고전1:27)

우리 주변을 둘러보아도 매일 우리는 얼마나 사소한 일에 종사하고 있습니까? 또 얼마나 반복적인 메커니즘 속에 살고 있습니까? 신문을 보아 TV를 보아도 거기에는 우리와 비교도 안 되는 큰 사람들의 이야기들이 가득합니다. 시인 김영수는 자신의 왜소함을 다음과 같이 노래했습니다.

나는 얼마나 작으냐
모래야 바람아 풀아
정말 나는 얼마나 작으냐

직장에서 아래의 직원에게 갑질하고, 순한 아내에게 윽박지르고, 나이 어린 식당 알바생에게 소리치고… 우리는 얼마나 초라한 존재들입니까! 우리는 "행위로 구원받는 것이 아니라 믿음으로 구원받는다."는 교리를 받아들인 나머지 "얼씨구나 좋다." 했지만, 자선사업 한 번 제대로 못하고 살았습니다. 평생 김밥을 팔며 가난하게 살아 온 할머니도 50억 재산을 대학에 기부하였는데, 우리는 김밥 할머니보다도 더 작은 사람들입니다.

20년 집권하려던 계획을 바꾸어 50년 집권해야겠다고 말하는 사람도 있는데, 우리는 전 국민을 움직여 보지 못한 것은 고사하고, 자기 집 아들이나 손자들이라도 한 번 움직여 보았습니까? 그 결과가 교회의 어린이부나 중고등부가 줄어들고 있는 현실로 고스란히 반영되는 것입니다. 온 국민의 도덕적 해이(moral hazard)에 나도 일말의 책임이 있다고는 생각하지 않습니까?

예수님의 선택

그러나 예수님은 의지가 강하고 정치적인 야심이 있는 가룟 유다를 수제자로 기용하지 않았습니다. 예수님 주변에는 거대한 로마의 힘으로부터 조국 이스라엘을 무력으로 해방시키겠다는 열심당원도 있었고 열혈 청년 시몬도 있었지만, 예수님은 그들을 선택하지 않으시고 나약하고 꾸중 자주 듣던 베드로를 선택하셨습니다. 예수님은 실수 잘 하고 무식한 베드로를 깊이 신뢰하시고, 끝내는 통한의 울음으로 들먹이는 베드로의 어깨 위에 천국의 열쇠를 맡기셨습니다.

"네가 게바다(바위)다."라고 말씀하신 것은 베드로에게 "너는 어떠한 풍파에도 흔들리지 않는 바위와 같은 인물이 되어야 한다."는 뜻은 아니었을까요? "너는 집사다."라는 말씀은 "너는 할 일 많은 이 교회의 기둥 같은 사람이요, 머슴같은 사람이 되어야 한다."는 뜻이 아닐까요?

주님은 신비한 분입니다. 주님의 계획은 엉뚱하십니다. 주님은 예상 밖의 분입니다.

1809년은 나폴레옹 최고의 해였습니다. 그의 승리의 행진은 마치 바다의 밀물 같았습니다. 그러나 하나님은 나폴레옹의 횡포가 최고조에 달했던 바로 그해에 두 가지 일을 하셨습니다.

첫째는 나폴레옹 뱃속에 암이 자라게 하셨고, 둘째는 바로 그해에 인류를 위해 공헌하고 봉사할 인물들을 아기의 모습으로 지구에 태어나게 하셨습니다. 모든 사람들이 나폴레옹에게 미쳐서 그만을 쳐다보고 있었을 뿐, 그해에 태어난 평범한 아기들에 대해서는 아무도 주목하지 않았습니다.

섬어비스 목사관에서 태어나 위대한 시인이 된 테니슨(Alfred Tennyson), 미국 법조계의 거성 호움즈(Oliver Wendell Holmes), 「종의 기원」을 쓴 세계 불후의 진화론자 다윈(Charles Darwin), 미국 역대 대통령 중 가장 존경받는 대통령인 흑인노예 해방운동가 아브라함 링컨(Abraham Lincoln), 그리고 감미로운 음악으로 세계인들을 위로한 멘델스존(Felix Mendelssohn)이 바로 그 아기들입니다.

여러분의 가정이 가장 어려울 때나 위기가 닥쳤을 때, 여러분의 가정에 태어난 자녀들을 보십시오. 손자 손녀들을 보십시오. 여러분의 가정이 어려울 때 어려운 일만 있었던 것은 아닙니다. 어린 아이들의 눈동자를 보십시오. 그 어려움 속에 '희망의 씨앗'이 움트고 있는 것입니다.

로마 제국이 세계를 노예화하는 행군을 계속하고 있는 그해, 하나님은 아기 예수를 태어나게 하셨습니다. 나뭇잎들이 제 잘난 척하고 있을 때, 잎들이 싱싱하고 무성할 때, 하나님은 이미 가을바람을 준비하고 계십니다. 네로는 수많은 크리스천을 죽였습니다. 히틀러는 600만의 유대인들을 죽였습니다. 스탈린은 국내외의 전쟁과 숙청에서 5천만의 생명을 죽였습니다. 모택동은 1억을 죽였고, 김일성은 5백만을 죽였으며, 폴 포트는 자기 나라 국민 삼분의 일을 죽였습니다. 이렇게 강포한 자들에게는 오늘도 그리스도를 모실 방은 없습니다.

작고 겸손한 사람들

아우구스투스(Augustus)는 홀수 달은 크고(31일) 짝수 달은 작은데(30일) 자기의 이름을 가진 달이 작으면 안 된다면서 2월의 날 중 며칠을 떼어 와서 8월을 31일이 되게 하였고 2월은 28일이 되게 만들었습니다. 아우구스투스는 수많은 여자들 속에 파묻혀 살면서 그 여자들과 사랑을 맺었지만 자식은 딸 하나밖에는 낳지 못하였습니다. 그 딸의 이름은 쥬벨리우스, 당대의 유명한 음부요, 탕녀였습니다. 쥬벨리우스는 수많은 남자와 관계를 가졌지만 달랑 아들 하나만을 낳고 그 후로는 자궁이 썩어서 더 이상 아이를 낳지 못했습니다. 그 하나의 아들이 곧 디베료(Tiberius) 황제인데 그는 수많은 크리스천을 학살한 폭군이 되었습니다.

한 시대의 가장 강한 힘을 가진 사람들의 가문도 윤리적으로 보면 그 시대의 최하위권에 속하는 사람들입니다. 예수께서 아기로 나시던 그 해 유대나라의 왕은 헤롯이었습니다. 아기 예수는 헤롯왕의 가계에서 태어나지 않았습니다. 헤롯왕은 장모와 아내와 세 아들을 죽였습니다. 살아남은 아들이 셋 있었는데 그 셋 중 안디바(Antifas)는 동생 필립(Philip)을 죽이고, 영토를 빼앗고, 그리고 그 아내(제수)까지 빼앗은 악인입니다.

들에서 양을 치던 목자들은 결코 좋은 일자리에서 노동하는 사람들이 아니었습니다. 그들의 소원은 언제쯤 우리는 철야노동하는 신세를 면할까, 가족들과 함께 따뜻한 방에서 잠을 잘 수 있을까, 그런 사람들은 얼마나 행복할까…, 이런 소박한 꿈을 꾸는 사람들이었습니다. 이리가 양떼를 습격하는 밤이면 목자들은 사투를 벌여야 하는 밤도 있었을 것입니다. 그러나 그들은 철야 노동자들이었기에 밤중에 천군천사들이 전하는 소식을 들을 수 있었고, 아기 예수님을 세계에서 제일 먼저 찾아뵐 수 있는 영광을 누린 것입니다. 분명코 그들은 그 일을 자신들의 삶에서 가장 큰 이벤트로 여기며 평생 감사하면서 크리스천으로 살았을 것입니다.

나는 오늘 설교를 준비하면서, 본문 말씀을 읽을 때 갑자기 가슴이 뜨거워지는 것을 느꼈습니다.

"유대 땅 베들레헴아, 너는 유대고을 중 가장 작지 않도다. 네게서 한 다스리는 자가 나와서 내 백성 이스라엘의 목자가 되리라."

너는 가장 작지 않다

서울아, 너는 세계 도시들 중에서 가장 작은 줄 아느냐? 그렇지 않다. 네게서 기독교의 목자가 나와서 아시아를 다스리는 지도자가 나올 것이다. ○○교회야, 너는 서울의 교회 중에서 가장 작은 줄 아느냐? 아니다. 너는 작지 않도다. 너의 교회에서 서울을 구원할 목자가 나올 것이다. 두 동강난 손바닥만 한 한반도야, 너는 세계지도 속에서 가장 작지 않다. 너로부터 한 지도자가 나와서 세계인들을 돌 볼 큰 목자가 나올 것이다.

아시아는 태평양 연안과 대륙에 세계에서 가장 많은 인구가 밀집하여 사는 지역입니다. 이 지역에 사는 사람들은 성격이 온순한데 반하여, 서구의 백인들은 일찍 근대화하였고, 일찍 무기를 발명하였고, 일찍 식민주의에 눈을 떴습니다. 그들은 아시아의 여러 나라로 선교사들을 보내면서 선교사와 함께 식민주의에 눈뜬 정치가들을 보냈습니다.

대(大)해양시대에 스페인과 포르투갈은 배와 총을 가지고 남미에 가서 그들 왕조의 금과 은을 빼앗고 왕들을 총으로 다 죽였습니다. 노예선을 가진 백인들은 아프리카에서 흑인들을 잡아다가 상품으로 팔았습니다. 미국은 하와이 왕국에 선교사를 보낸다는 미명으로 총을 가지고 가서 왕국을 멸망시키고 아메리카의 한 개의 주(洲)로 만들었습니다. 영국은 중국이란 대국을 약화시키려고 아편전쟁을 일으켰고 불공평하기 짝이 없는 남경조약을 억지로 맺었습니다. 빅토리아 여왕 때는 세계에서 해가 지지 않는 나라라고 자랑했습니다.

지금이야 말로 외국을 침략하고 식민지화한 일이 없는 한국에서 아시아를 교화(敎化)할 목자가 나와야 할 때입니다. 본문에는 '정치가'가 아닌 '목자'가 나오리라고 했습니다.

목자는 어떤 사람입니까? 성한 양 아흔 아홉 마리를 두고 잃어버린 양 한 마리를 찾으려고 산과 들을 헤매며 위험을 무릅쓰는 사람이요, 잃었던 양 한 마리를 찾으면 어깨에 메고 돌아와 너무 기뻐서 친구들을 불러 잔치를 벌이는 사람입니다.(눅 15:1~7)

목자의 모습은 누가복음 15장에 기록된 그런 모습입니다. 아흔 아홉 마리의 양을 들판에 두고 왔으니 그 아흔 아홉 마리의 안전이 큰 문제였을 것입니다. 험한 산골짜기 자체도 위험한 곳이며 잃어버린 양을 다시 잡자면 큰 위험을 무릅써야만 했을 것입니다. 산술적인 이해타산으로 따진다면, 목자는 잃어버린 양을 찾지 말고 그대로 둬야 합니다. 목자는 인정 많고 희생적인 사람이며 산술적으로 이해타산을 따지지 않는 사람입니다.

두려워하지 말라

천사가 목자들에게 전한 노엘의 소식 첫마디는 무엇이었습니까? 곧, 두려워하지 말라는 위로의 말이었습니다. 하나님은 오늘도 자신을 사랑하지 못한 당신에게, 선을 행하다가 낙심한 당신에게, 시험에 넘어진 당신에게, 화를 낸 자신을 후회하는 당신에게, 사업을 시작해 놓고 자신감이 없어하는 당신에게, '두려워하지 말라.'(눅2:10)는 위로의 말씀을 주십니다.

"당신이 바로 베들레헴이다. 당신이야말로 바로 그 마구간이다. 구유 자체가 위대한 그릇은 아니다. 아기를 그 속에다 누이기만 하면 구유는 성물이 될 것이다."

전승에 의하면 구유는 성물숭배의 대상이 되었다고 합니다. '베들레헴'이라는 뜻은 '떡집'이지만 실제로는 먹을 것이라고는 없는 빈촌이었습니다. 그러나 그 빈촌에서 아기 예수가 나심으로 인하여 일약 세계의 성지가 되고 세계의 명소가 되었습니다.

지금 베들레헴은 아랍 사람들이 사는 지역 안에 있지만 베들레헴 시민들은 아랍 종교를 믿지 않고 다 기독교를 믿습니다. 마구간이었던 곳엔 지금 저 유명한 탄생교회(Nativity Church)가 서 있고, 그 교회의 출입문은 작아서 국왕이 오거나 교황이 오거나 그 누가 오더라도 선채로 들어갈 수는 없고, 고개를 숙이고 몸을 구부려야만 들어가 수 있게 되어 있습니다.

세계지도를 펴놓고 보십시오. 아시아 대륙에 혹 같이 붙어 있는, 그것마저도 두 동강난 대한민국. 그러나 오늘 나는 이렇게 말합니다. "대한민국아, 너는 세계의 어마어마한 대국들 사이에서 가장 작지 않도다. 아시아 태평양 시대를 맞는 그날, 통일이 되는 그날, 너에게서 한 지도자가 나와 내 백성 지구촌의 목자가 될 것이다."

원래 목자는 강대국에서 나지 않습니다. 종교적 지도자는 오랜 고난을 겪고 오랜 터널의 기간을 지낸 약소국에서 나는 법입니다. '빛은 동방으로부터'라는 말대로, 예수나 마호메트나 석가도 다 공격적인 문화를 가진 서양에서 나지 않고, 수동적인 문화를 가진 동양에서 났습니다.

남한은 일제 36년을 겪은 후에 바로 민주화와 산업화의 길로 걸어왔지만, 북한은 일제 36년 후 바로 독재체제에 들어가서 70년을 고생했습니다. 70년은 이스라엘의 바벨론 포로 기간과 같습니다. 이제는 북한에서 고생한 우리 동포에게 이사야의 말씀을 외칠 때가 되었습니다.

> **"너희의 하나님이 이르시되 너희는 위로하라. 내 백성을 위로하라. 그 노역의 때가 지나고 그 죄악의 사함을 입었느니라."**
> (사40:1~2)

> **"골짝이마다 돋우워지며 고르지 않은 곳이 평탄하게 되며 험한 곳이 평지가 될 것이요."** (사40:4)

"평양 시민들을 위로하라. 북한 동포들을 위로하라. 이제 너희는 칼을 쳐서 보습을 만들 것이고, 이제 너희는 창을 쳐서 쟁기를 만들 날이 온다. 압제자가 언제까지 살 줄 아느냐? 인생은 풀과 같은 것, 권력은 들의 꽃과 같은 것이다."

이것이 오늘 우리에게 주시는 메시지입니다.

침묵하시겠습니다.

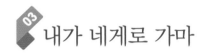

03 내가 네게로 가마

"또 새 영을 너희 속에 두고 새 마음을 너희에게 주되
너희 육신에서 굳은 마음을 제거하고 부드러운 마음을 줄 것이며…"
(겔36:26~31)

"그 약혼한 마리아와 함께 호적하러 올라가니 마리아가
이미 잉태하였더라 거기 있는 그때에 해산할 날이 차서 …"
(눅2:5~6)

크리스마스는 어른들을 위한 동화의 계절입니다. 동화의 기본은 판타지(fantasy)입니다. 판타지는 현실을 초월하여 미래를 꿈꾸게 만들고, 괴로움을 딛고 일어서게 만듭니다. 인간은 호모 파베르(homo faber, 도구를 사용하는 인간)나 호모 사피엔스(homo sapiens, 지능이 있는 인간)이기 이전에 벌써 호모 루덴스(homo ludens, 유희하는 인간)이었고, 호모 판타지아(homo fantasia, 환상하는 인간)이었고, 호모 페스티부스(homo festivus, 축제하는 인

간)이었습니다. 그러므로 사람은 밥만 먹고 사는 존재가 아니
며 꿈도 꾸고 축제도 벌이는 존재였습니다.

가난하고 비참한 스토리

　그러기에 인간은 신화를 만들고 전설도 만들고 축제도 만듭
니다. 신화나 전설은 그 저자와 시기가 분명치 않은 것들입니
다. 크리스마스의 스토리는 실제보다 많이 미화되었으리라고
짐작됩니다. 크리스마스 카드나 마구간 모형에서는 마구간이
아름답고 평화롭고 신성하게 묘사되어 있습니다. 우리는 어른
이 되어서도 미화의 세계와 신화적 분위기를 언제까지나 잃어
버려서는 안 됩니다.

　그러나 2천 년 전 '역사적 상황'이나 '역사적 문맥' 속으로
들어가 보면 성탄의 이야기는 오히려 가난하고 비참한 스토리
입니다. 어쩌면 마리아는 해산을 앞두고 나귀를 타고 너무 긴
여행을 해서 조산했을지도 모릅니다. 내가 어릴 때는 산달이
된 임부에게 디딜방아를 찧으라고 권하곤 했습니다. 성극 '방
이 없습니다'에서는 산기가 오려고 하니 여관방을 찾아 다급히
다니는 장면이 있습니다만, 베들레헴에 도착하자마자 마리아
에게 산기가 있었던 것은 아닙니다.

본문 누가복음 2장 6절에는 "그들이 거기 있을 때에 해산할 달이 차서"로 되어 있으며 새 번역에는 "그들이 거기 있는 동안에 해산날이 되었다."고 되어 있습니다. 며칠 동안 방을 구하지 못한 것은 물론 아구스도의 칙령으로 호적등록을 본적지에 가서 하라는 명령 때문에 여관이 붐비기도 했겠지만, 요셉이 웃돈까지 주고 방을 얻을 만큼 돈이 없었다는 사실을 암시하는 것은 아닐까요?

여관에 방이 없으면 여관 주인의 방에라도 쳐들어가서 산모의 몸을 풀게 하든지 민박이라도 찾아야 하는 것 아닙니까? 마소가 있는 곳에서 몸을 풀게 하다니요! 참으로 딱한 요셉입니다. 전승에 의하면 마리아가 16살 때 예수를 낳았다고 하고, 또 요셉도 예수를 낳을 때까지 숫총각이었다니, 무슨 수완이 있었겠으며 무슨 방도가 있었겠습니까? 탯줄이나 끊을 줄 알았는지, 목욕이나 시킬 줄 알았는지 모르겠습니다. 혹시라도 구경 왔던 오지랖 넓은 할머니가 도와주지는 않았을까요?

목자들이 천사가 일러주는 대로 마구간에 찾아가 보니(눅 2:18) 이미 다른 사람들이 와서 구경하고 있었다고 했습니다. 베들레헴은 로마식 노천극장처럼 경사진 면에 굴을 파서 천연 동굴 같은 곳에 마소를 매어두는 곳이니까 동물의 분뇨 냄새가

나고, 짚북데기 있는 좁은 굴 안에서 동물들이 아기를 밟을 염려가 있으니 필경은 아기를 구유 속에 눕혔을 것입니다. 거기에는 상징적인 의미가 있습니다.

마소와 같은 인간도 구원하기 위하여

인간 중에는 마소와 같이 천한 사람들이 있습니다. 인도에 가면 네 계급의 카스트 제도가 있지만 거기에 속하지 못한 제5계급의 사람들이 있습니다. 옛날에는 종이라는 인권 사각지대의 사람들이 있었습니다. 사람이 악마의 숙주가 되고 악마에 사로잡히면 마소보다 훨씬 위험하고 악하게 됩니다. 마소는 사람을 돕지만 사람을 죽이지는 않습니다.

나는 아기가 태어날 때 비참한 곳에서 태어나는 장면을 영화에서 본 적이 있습니다. 「고엽(枯葉)」이라는 제목의 영화에서 마리아 쉘(Maria Shell)은 가정부였는데 못된 주인의 아이를 배었지만, 여주인에게 쫓겨나 해산의 진통을 안고 눈 덮힌 들판을 이리 저리 헤매다가 결국은 다리 밑에서 혼자서 해산하게 됩니다. 그 장면을 보면서 성모 마리아의 해산장면이 연상되었습니다.

내가 젊어서 마해송씨의 글을 읽은 적이 있습니다. 1950년

6.25가 나던 겨울, 이승만 정부는 많은 미군에게 호의를 보이기 위해 기차역마다 크리스마스 트리를 세우도록 명령했습니다. 그때는 플라스틱으로 만든 재료가 없어서 산에서 베어 온 큰 나무를 역전 광장에 세워 놓고 색종이로 흉내 낸 장식품들을 매달아 놓았습니다. 지금처럼 화학섬유가 없을 때였으므로 진짜 솜으로 눈을 만들어 가지 위에 얹어 놓았답니다.

12월 밤늦게 거기를 지나가던 마해송씨는 이상한 장면을 목격했다는 것입니다. 트리의 높은 가지에는 눈솜이 있는데 낮은 가지에는 눈솜이 없더랍니다. 광장에 전기 조명이 없어 잘 보이지는 않는데 자세히 보니 트리 속 바닥에 보루박스가 깔려 있고 그 위에 산모가 있어 아기에게는 엄마의 옷을 벗어 감싸 놓고 손닿는 높이에 있는 솜은 모조리 뜯어다가 아기 주변을 감싸 주었더랍니다. 그녀도 마리아처럼 피치 못할 사정으로 피란 가던 중 혼자서 해산을 했던 모양입니다. 이 얼마나 눈물겨운 모성애의 극치입니까.

예수님의 아주 낮은 모습으로 나신 이유는 낮은 사람들이 거리감 없이 예수님을 친구로 삼을 수 있게 함입니다. 이사야는 메시아의 모습을 "모양도 없고 맵시도 없고 흠모할만한 아름다움도 없다(사53:2)"고 표현했습니다.

메시아는 아기의 모습으로

유대민족은 메시아 대망의 민족입니다. 나라는 망하고 백성은 흩어지고, 왕도 없고 정권도 없지만, 세월이 흘러 선조들이 다 죽어도, 유대인의 메시아 대망의 꿈은 없어지지 않았습니다. 그들은 메시아가 민족을 구하러 오실 때 어떤 모양으로 오실까를 늘 상상했습니다. 아마도 휘황찬란하고 압도적인 위용으로, 씩씩하고 파워플한 모습으로 오시리라는 생각들을 갖고 있었겠지요.

인간은 하나님께 이르는 길, 신인합치의 길을 모색하고 또 모색했습니다. 이성의 정점으로도, 수양과 명상의 극점으로도, 금욕과 고행의 밑바닥으로도, 율법의 완벽한 지킴으로도, 인간은 하나님께 도달할 수가 없었습니다. 결국은 하나님께서 인간에게 다가오시고, 하나님 편에서 인간을 상대해 주시고, 하나님 편에서 저자세로 구부리시고 인간을 얼싸안으시는 수밖에 없었던 것입니다.(마11:25, 눅10:21)

인간을 찾아오신 하나님

원래 사랑은 볼트(voltage)가 높은 사람으로부터 볼트가 낮은 사람에게로 기울어져 흐르기 마련입니다. 하나님의 방법도

"네가 내게로 오라."가 아니라 "내가 네게로 가마."입니다. 아기의 모습으로 오신 메시아, 아기의 모습으로 성육신하신 예수를 통해서 인간은 하나님을 만날 수 있습니다. 여기에서 우리는 져주시는 하나님의 섭리를 알 수 있습니다. 예수님은 그 광휘의 날개를 접고, 좁은 마리아의 자궁을 통하여 무능의 모습으로 오셨습니다. 하나님은 Waiting God(기다리는 하나님)으로부터 Seeking God(찾아오시는 하나님)으로 오셨습니다.(눅15:4~6)

잃어버린 양 한 마리가 제 발로 엄마 아빠가 있는 우리를 찾아 올 수 있다면 목자는 평안한 마음으로 앉아 기다릴 것입니다. 그러나 어린 양은 제발로 찾아 올 수가 없습니다. 어린 양이 목소리를 높여 슬피 울어도 그것은 포식동물들에게 자기의 위치를 알려 위험을 재촉하는 행위일 뿐입니다. 길을 잃은 양이 찾아오지 못할 때는 목자가 목숨을 걸고 찾아나서야 합니다.

복음서에 보면 환자의 입장에서 노력하여 예수님께 접근하여 옷자락이라도 잡거나 소리를 지르거나 해서 치유 받은 케이스가 참 많습니다. 그러나 베데스다 연못가의 38년 된 환자같이 걸을 수도 없고 다가갈 수도 없는 경우에는 예수님이 직접 찾아오십니다.(요5:24)

여인이 동전 열 개 중 하나를 잃어버렸다면, 동전 편에서 "나 여기 있어요." 하고 소리 지르지 못하니까 여인 편에서 불을 켜고 방을 쓸고 하면서 노력해야 동전이 찾아집니다.(눅15:8~10) 져 주시는 예수님의 방법은 원수의 창칼 앞에 아기의 연한 살결로 대하십니다. 하나님은 무식한 도전자를 벼락같이 처벌하시지 않습니다. 그것은 약한 자도 회개할 기회를 주시려는 의도입니다.

아기는 인생의 단계에서 가장 약한 단계입니다. 그러나 가장 큰 가능성을 가진 단계이기도 합니다. 지금도 아기 예수의 오심을 기다리는 사람의 얼굴에는 아기와 같은 순진함과 진실성이 있습니다. 법 없이도 살 사람, 남을 등쳐먹거나 해칠 생각이 없는 사람은 나이를 먹어도 어린아이와 같은 평화롭고 순진함이 있습니다. 영악스럽고 눈이 시뻘겋고 능수능란한 사람은 천국에 갈 수 없습니다.(마18:3)

내가 어린 시절 주일학교를 다닐 때, 아버지는 주일학교 어린이부 반사를 하셨습니다. 아버지는 칠판에 그림을 그리면서 '어린이설교'를 하셨습니다. 지금도 기억나는 장면은 마태복음 5장 5절을 말씀하시면서 한쪽에는 꼿꼿한 대나무를, 또 한쪽에는 호박넝쿨을 그려 놓고 설명을 하시던 장면입니다.

대나무는 하늘 높이 죽죽 크니까 곧바로 오만해져서 호박넝쿨을 놀려댑니다. "너는 위로 오를 줄은 모르고 땅에서 기기만 하는구나."라고 조롱합니다. 그러나 호박은 아무 말 없이 땅에 기고 있지만 맛있는 호박을 많이 열매 맺어 사람들에게 많은 이익을 준다고 하신 말씀을 나는 기억합니다.

순진하신 어린 하나님
신성하신 아기 하나님
이렇게 더러운 손으로
깨끗한 당신을 한 번 안아봄을 허락하소서.

순진하신 어린 하나님
이렇게 가식과 욕심으로 복잡해진 가슴에
무구한 당신을 감히 한 번 안아 볼 수 있을까요.
우리의 안음이 깨끗한 당신 몸에 때 물힐까 두렵습니다.

더러워지지 않는 영원한 깨끗함이여
오염되지 않은 영원한 청정함이여
세상살이 힘들어 주름진 이 손을 잡아 주소서.
사람과 싸우느라 상처 난 이 가슴 쓰다듬어 주소서.

말씀이 육신이 되시다

"말씀이 육신이 되어 우리 가운데 거하시매 우리가 그의 영광을 보니 아버지의 독생자의 영광이요 은혜와 진리가 충만하더라."
(요1:14)

하나님은 그동안 수많은 방법으로 우리에게 사랑을 보여주셨습니다. 때로는 소돔과 고모라와 같은 징계를 통하여, 때로는 노아의 홍수와 같은 심판의 방법으로 보여주셨지만 인간들의 빗나감은 도를 넘어 하나님은 드디어 인간을 지으신 것을 후회하셨습니다.(창6:6)

너무 엄한 방법으로는 안 되겠다고 생각하신 하나님은 호소하는 방법을 쓰시기도 하고, 예언자를 보내어 회유하시기도 하고, 율법을 지키면 수천 대까지 복을 주신다고도 해 보셨습니다. 때로는 풍요함과 형통함으로 달래기도 하시고 때로는 전쟁의 포로가 되게도 하셨습니다. 징벌과 위로, 꾸중과 축복 등 여러 가지 방법을 쓰시다가(눅13:34) 마지막 카드를 사용하셨습니다. 그것은 비장한 각오로 바로 하나님 자신이 인간이 되시는 방법, 즉, 성육신(成肉身)의 방법이었습니다. 그래서 우리는 하나님이 인간이 되어 오신 성탄절을 축하하는 것입니다.

그러므로 예수님은 이제 볼 수 있는 하나님, 만질 수 있는 하나님, 통화할 수 있는 하나님이 되었습니다. 우리는 비로소 예수라는 중보자(mediator)를 통해서 하나님을 볼 수 있고 알게 된 것입니다.

내가 첫 손자를 보았을 때, 아들네 집은 가까이 있었으므로 손자가 자주 놀러왔습니다. 말을 처음 배울 때는 발음이 되지 않아 시계를 찌개로, 우유를 이유로, 사탕을 아땅으로, 열쇠는 열떼로 발음했습니다. 장모님과 우리 내외, 이렇게 세 노인은 손자가 말을 할 때마다 깔깔거리며 행복했습니다. 어느 덧, 세 노인은 손자와 이야기를 나눌 때는 사탕을 아땅으로, 우유를 이유로, 이렇게 각자의 언어가 아기의 수준에 맞게끔 하강해 있었습니다.

임마누엘

하나님은 인간과 통화하시려고 하강만 하신 것이 아니라, 하강 하셨다가 다시 올라가신 것만이 아니라, '우리와 함께 계시고'(임마누엘의 뜻) 오늘, 이 시간에도 우리와 함께 계시는 것입니다.

이제 옹졸하고 멋없는 우리를 용납해 주십니다. 용납해 주실 뿐만 아니라 늘 함께 계셔서 우리와 동고동락하십니다.

주님은 '번개의 아들'이란 별명까지 붙은 성질 급하고 거친 야고보와 요한 속에서 교회의 기둥을 발견하셨습니다. 주님은 착취와 배신을 일삼던 삭개오 속에서도 재생의 희망을 발견하고, 아브라함의 후손임을 발견하셨습니다. 주님은 정신병자 창녀 일곱 귀신들린 막달라 마리아 속에서도 초대교회의 여성 지도자가 될 가능성을 발견하셨습니다. 주님은 기독교의 극렬 반대자였고 일생 육체의 가시를 가진 병자 사울 속에서도 세계 제일의 선교사, 예수해석의 일인자, 기독교의 이론적 체계를 세울 바울을 발견하셨습니다.

주님은 머지않아 옹졸하고 멋없는 우리를 이 세상을 지도할 목자로 삼아주실 것입니다.

침묵하십시다.

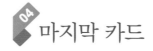

마지막 카드

"아론은 그의 두 손으로 살아있는 염소의 머리에 안수하여
이스라엘 자손의 모든 불의와 그 범한 모든 죄를 아뢰고…"
(레16:21~22)

"이를 위하여 너희가 부르심을 받았으니
그리스도도 너희를 위하여 고난을 받으사…"
(벧전2:21~25)

"**여**호와께서 사람의 죄악이 세상에 가득함과 그의 마음으로 생각하는 모든 계획이 항상 악할 뿐임을 보시고 땅 위에 사람 지으셨음을 한탄하사 마음에 근심하시고…"
(창6:5)

　인간은 에덴동산 때부터 하나님의 말씀을 거역하고 하나님의 마음을 아프게 해 드리더니, 에덴의 동쪽으로 쫓겨나와서는 급기야 형이 동생을 죽이는 범죄를 저지르기에 이르렀습니다.

라멕은 소년을 죽이고 여러 사람을 죽였습니다. 그러자 하나님은 땅위에 사람 지으셨음을 한탄하시기에 이릅니다. 왜냐하면 사람을 만들어보니 사람이 사람을 죽이고, 사람이 마음에 계획하는 것은 모두 악한 일들뿐이기 때문입니다.

견디다 못한 하나님은 노아의 가족만 남기고 홍수로 모든 인간을 다 처벌하여 죽게 하셨습니다. 그래도 그 후손들이 또 죄를 지으니 아브라함을 선택하여 우상숭배의 고장을 떠나게 하고, 그 후손이 또 죄를 지으니 이집트의 노예가 되어 고생시켜보면, 혹시라도 돌이킬까 싶어 노예로 만들기도 하셨습니다. 그래도 또 죄를 지으니까 이번에는 율법의 계명을 주어서 그것을 한 번 지켜보도록 하셨습니다.

인간들은 그것조차도 제대로 지키기 않을 뿐만 아니라 종교 지도자들은 율법을 이용하여 그것으로 인간을 다스리는 도구를 만들어 버립니다. 하나님은 선지자들을 보내어 경고도 해 보시고, 때로는 나라가 침공당하여 백성이 포로가 되도록 만들기도 하셨지요.

하나님은 정말 별별 수단을 다 써 보셨습니다. 때로는 인간을 회유해 보시다가 처벌도 해 보시고, 때로는 인간을 매로 치시다가 얼싸 안아보기도 하시고, 또 때로는 달래기도 하고 으

름장을 놓기도 해 보셨습니다. 인간들은 잠시 잠깐 하나님께 순종을 하는 것처럼 보일 때도 있었으나 곧 뒤돌아서면 언제 그랬냐는 듯이 하나님을 배신하였습니다. 인류의 역사는 곧 인간의 하나님에 대한 배반의 역사이기도 합니다.

인류 구원의 큰 밑그림

하나님은 드디어 인류구원의 마지막 카드를 사용하십니다. 그것은 하나님 자신이 직접 인간의 모습으로 이 지구상에 오시어서 인간의 죄를 대신 짊어지고 죽는 방법이었습니다. 크리스마스는 하나님이 인간이 되어 마구간에서 아기의 형태로 나신 날입니다.

크리스마스는 인간에게는 더 없이 기쁜 날이지만, 하나님으로서는 고통의 날이자, 희생의 날입니다. 왜냐하면 하늘의 존재가 땅의 인간으로 되시고, 무한하신 분이 유한의 모습으로 변모하시고, 마침내는 그 능력을 접고 무능의 형태로 인간 세상 속으로 들어오시는 날이었기 때문입니다.

인간들에게 아무리 율법을 지키라고 해 보아야 잘 지키지 않으므로 이제는 지키지는 말고, 믿기만 하라고 감면까지 해 주셨습니다. 잠시 성경 말씀을 보겠습니다.

> 그가 찔림은 우리의 허물 때문이요, 그가 상함은 우리의 죄악 때문이라. 그가 징계를 받으므로 우리는 평화를 누리고 그가 채찍에 맞으므로 우리는 나음을 받았도다. 우리는 다 양 같아서 그릇 행하여 각기 제 길로 갔거늘 여호와께서는 우리 모두의 죄악을 그에게 담당시키셨도다.(사53:5~6)

이사야 선지자를 통하여 우리에게 주신 이 말씀은 대속의 진리를 가장 잘 나타내고 있는 말씀입니다. 요약하면, 죄 지은 인간이 죄를 다 갚는 것이 불가능하며, 남이 그 죄를 대신 갚아 주어야만 한다는 말씀이지요.

잠시 예를 들어 보겠습니다. 미국 대륙에 백인들이 이주해 가기 전까지는 미국 땅은 평화롭고 아름다운 대륙이었습니다. 거기는 자연과 동물과 인간이 완전히 조화를 이루며 공존하는 평화의 대륙이었던 것입니다. 지금으로부터 500년 전, 백인들이 십자가 목걸이를 하고 총과 칼을 가지고 미 대륙에 이주해 들어와서 아메리카 인디언들을 다 죽였습니다. 영화 「늑대와 함께 춤을」에서는 수우족이 백인들의 침입을 피해 눈덮힌 산 속으로 밀려들어가는 장면이 마지막을 장식합니다. 인디언들의 수난사를 다룬 책들은 〈인디언 영혼의 노래〉〈인디언의 길〉〈눈물의 인디언 문명 파괴사〉등 헤아릴 수 없이 많습니다.

죄 없이 희생된 인디언들

백인들이 상륙하고 북미대륙은 그야말로 도살장이 되었습니다. 당시 1,600만 정도로 추정되던 북미의 인디언들은 정복이 끝난 1,700년경에는 겨우 140만 명만 살아 남았습니다. 무려 1,460만 명을 죽인 것입니다. 그 140만 명도 산 속으로 도망쳤으니까 그나마 목숨을 부지하였지 그냥 그대로 있었다면 모두 죽고 말았을 것입니다. 한마디로 미국의 도덕은 살인 위에 세워졌다고 해도 과언이 아닙니다.

이렇게 못된 짓을 하는 미국은 현재 어떤 나라가 되었을까요? 15분 마다 한 명씩 총에 맞아 죽습니다. 하루에 거의 100명이 죽습니다. 1년이면 36,000명이 총에 맞아 죽는 나라가 미국입니다. 미국 국민이 3억 2천만 명인데 그들이 소지하거나 보관 중인 총이 무려 2억 7천만 정이랍니다. 거의 국민 한 명에 총 한 자루가 있는 셈입니다. 미국의 총기사고 신고의 70%가 강도가 들어 와서 사고가 났다는 신고가 아니고 가정 안에서 났다고 하는 신고입니다. 그러나 이런 가정 내의 총기사고는 원체 흔하다 보니 TV에서는 학교에 들어가서 열 명, 스무 명을 쏘아 죽이는 사건 같은 대형사고만 집중적으로 보도를 하는 겁니다.

여기서 이야기가 끝난 것이 아닙니다. 백인 중의 소수가 조상들의 죄를 회개하면서 대신 속죄하는 사람들이 있습니다. 한마디로 '천사표 백인'들이지요. 백인 목사나 신부 중 인디언들 속에 들어가 그들과 함께 먹고 자며 고생하며 인디언 여자를 아내로 삼고 그들에게 하나님의 사랑과 예수 그리스도의 복음을 전하는 사람들이 있습니다.

성경의 출애굽기를 보면 제사장 아론이 수염소의 머리 위에 손을 얹고 백성들의 죄를 일일이 고한 다음 그 염소에게 죄를 전가시키는 장면이 나옵니다.

> **"너는 수송아지를 회막 앞으로 끌어오고 아론과 그의 아들들은 그 송아지 머리에 안수할지니 너는 회막 문 여호와 앞에서 그 송아지를 잡고 그 피를 네 손가락으로 제단 뿔들에 바르고 그 피 전부를 제단 밑에 쏟을지며"** (출29:10~12)

여기서 그 불쌍한 수염소는 집단의 죄를 모두 대신 짊어지고 무인지경의 거친 들판에서 방황하다가 필경은 들짐승들에게 희생될 것입니다. 이 원시적 의식에는 깊은 종교적, 상징적 의미가 있습니다. 그것은 곧 '사회적 보상의 법칙'이라는 것입니다. 죄의 값은 사망인데(롬6:23) 죄지은 집단을 다 죽일 수는 없으니까 그 집단을 대표하는 어떤 짐승, 또는 개인이 그 집단을 대표해서 희생제물이 되는 방식입니다.

한 사람의 의인

이와 같은 아름다운 희생을 감당하고 대속적 죽음을 자취하는 이를 성경에서는 '의인'이라고 불렀습니다. 개인이나 소수가 집단을 대표하는 사상을 떠나서는 아담이 인간의 범죄로 전 인류가 죄에 빠지게 되었다는 성경적 진리와, 제2의 아담인 예수 그리스도가 인간의 속죄행위로 전 인류가 대신하여 구원 받는다는 종교적 진리를 결코 이해하기 어렵습니다. 그러나 이러한 종교적 사상을 하나님의 사랑이라는 관점에서 접근하면 보다 쉽게 이해가 됩니다.

하나님의 역사 운영은 부단한 용서로 점철되었습니다. 소수의 의인이 있어 그들이 죄를 짊어지면 하나님은 그것을 구실로 하여 그 백성 전체를 용서하시고 그 많은 죄도 눈감아 주셨습니다. 그러므로 한 시대로부터 다음 시대로 넘어가기 위해서는 그 중간에 희생양이 필요하며, 한 집단이 기사회생하기 위해서는 거기에 희생제물이 필요한 법입니다. 희생양으로 선발되는 사람은 이기적이거나 소시민적 행복을 추구하는 사람이어서는 안 됩니다.

성경을 보면 세례 요한이 예수님을 보고 "보라, 세상 죄를 지고 가는 하나님의 어린 양이로다."(요1:29)라고 말합니다. 히브리서 9장에서는 예수를 우리의 죄를 하나님 앞에서 대속하는 희생제물이라고 소개하고 있습니다. 이 말은 예수님 자신이 하신 "섬김을 받으려고 온 것이 아니고 섬기려고 왔다."는 말씀으로 실현됩니다.

오늘 신약성경의 본문 베드로전서 2장 21절은 "이를 위하여 너희가 부르심을 받았으니 그리스도도 너희를 위하여 고난을 받으사 너희에게 본을 끼쳐 그 자취를 따라오게 하려 하셨느니라."라고 기록되어 있습니다. 크리스천 가운데 많은 사람들이 "야, 기독교는 율법종교가 아니라 복음종교니 얼마나 좋은가, 믿기만 하고 복이나 받자."라고 말합니다. 그러나 크리스천 가운데 양심적인 소수의 무리는 "너희에게 본을 끼쳐 그 자취를 따라오게 하셨느니라."는 말씀을 기억하고 자신에게 희생양의 의무가 주어졌으니 피하지 아니하고 대속의 길을 가는 사람들입니다. 이 자리에도 그런 크리스천들이 많이 계시리라고 저는 믿습니다.

여기에 예수님의 섬김의 사역을 한 대표적인 분을 한 분 소개해 드리고 오늘 설교를 마칠까 합니다.

벨기에 국적을 가진 다미엔 신부가 파리에서 공부하고 스물세 살의 나이에 하와이로 와서 나병환자의 수용섬인 몰로카이 섬에서 속죄하는 삶을 시작합니다. 나병이 무서워 처음에는 유리로 막고 설교를 시작하였습니다. 그랬더니 전혀 전도가 되지 않았습니다. 그 후 유리를 걷어치우고 그들과 함께 먹고 뒹굴었습니다.

그가 그렇게 한 이유는 처음 "여러분의 몸은 비록 나병에 걸렸지만 영혼만은 누구보다도 깨끗합니다."라는 설교를 마치고 숙소로 가는 도중 나병환자들이 중얼거리는 소리를 들었기 때문입니다. "쳇, 자기가 나병에 걸려 보라지. 그런 말을 할 수 있나." 이 말에 충격을 받은 다미엔은 그 다음부터는 아예 나병 걸리기를 작정하고 환자들과 함께 먹고 자고 했습니다. 그래도 그는 멀쩡했습니다. 심지어는 환자들의 고름을 빨아주어도 나병에 감염되지 않는 것입니다.

몰로카이 섬에 들어온 지 11년 째 되던 해, 하루 저녁에는 난로에서 끓는 주전자를 들고 가다가 물을 쏟았는데 발에 전혀 뜨거움을 느끼지 못했습니다. 그는 그 자리에 꿇어 앉아 하나님께 감사기도를 드렸습니다. 이런 일이 있자 몰로카이 섬의 주민들 100%가 기독교인이 되었습니다. 49세에 생을 마친 그의 장례식에는 무려 800여 명의 나병환자들과 원주민들이 모두 참석하여 그의 마지막 떠나는 광경을 지켜보며 눈물을 흘렸습니다.

오늘 우리 주변에도 우리 인간의 죄를 대신 짊어지고 고난의 길을 걷는 수많은 희생양들이 있습니다. 거리의 노숙자들을 우리는 그들이 게을러서, 혹은 성격장애 때문에 그렇게 되었다고 보는 경향이 있습니다. 그들이야말로 우리의 죄를 대신 지고 가는 희생양이라고 생각할 수는 없을까요?

나는 해마다 크리스마스를 앞두고 여러분에게 한 사람의 산타크로스가 되시라고 설교해 왔습니다. 나는 금년에도 또다시 그 말씀을 드립니다. 그렇게 하는 것이 하나님의 인류에 대한 마지막 카드를 보고 감격하는 그리스도인의 삶의 태도이기 때문입니다.

침묵하십시다.

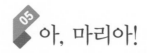

05 아, 마리아!

"그러므로 주께서 친히 징조를 너희에게 주실 것이라.
보라, 처녀가 잉태하여 아들을 낳을 것이요.
그의 이름을 임마누엘이라 하리라…"

(사7:14~16)

"예수의 십자가 곁에는 예수의 어머니와 이모와
글로바의 아내 마리아와 막달라 마리아가 섰는지라…"

(요19:25~27)

영원히 바라보아야 할 인생의 롤 모델이 있습니다. 남자
로서는 예수요, 여자로서는 마리아이지요. 두 분 모두
그 삶이 비극적이었다는 데에 공통점이 있습니다.

본문 말씀에서 알 수 있듯이 예나 지금이나 사람들은 처녀
가 잉태하여 아들을 낳았다고 하면, '청정회태' 또는 '무구잉
태'만 생각했지 처녀가 잉태해서 당하는 수모와 모욕이나 위험
과 구박에 대하여는 별로 생각하지 않았습니다.

기독교인들 대다수는 예수가 33년 동안 고난의 생애를 보냈다는 점에만 주목하여 그의 고난사는 익히 잘 알고 있지만, 그 어머니 마리아가 90년 동안 얼마나 힘든 세월을 보냈는지는 잘 모르고 있습니다.

미화된 마리아 상

사람들은 저마다 자신이 좋아하는 인물이나 물건, 또는 자기가 신봉하는 사상을 미화하는 경향이 있습니다. 그것이 신앙의 대상인 경우에는 더더욱 신화적인 에피소드를 첨가하여 부풀리는 경향이 있지요. 다른 말로 하면 인간은 무엇인가를 신화로 만드는 일을 즐겨하는 동물이라는 말입니다.

그래서 석가, 마호멧, 마리아의 주변에도 신화적인 윤색이 많습니다. 성당마다 세워진 마리아상은 하나같이 손은 섬섬옥수요, 콧대는 쭉 뻗은 미인 형입니다. 그러나 그것도 신앙의 대상이니까 실물보다는 많이 미화되었다는 사실을 알아야만 합니다.

말이야 바른 말이지, 마리아가 석고상처럼 그렇게 아름다운 여인이었다면 시시한 가난뱅이 목수에게 시집갔을리가 없지 않았을까요? 마리아가 요셉에게 시집 간 것을 보면 아마도 처녀 마리아는 일을 많이 하여 허리도 굵고 손마디도 거칠었을 것입니다. 어쨌거나 지금도 마리아는 9억이 넘는 신자들로부터 숭배를 받는 최고의 미인이 되어 있습니다.

이탈리아에 가면 '산타마리아'는 이름을 가진 교회가 많습니다. 그것은 '성모 마리아에게 봉헌된' 교회라는 뜻입니다. '산타'라는 말은 Saint나 Santo와 같은 뜻으로 여성명사이지요. 남성형은 자음으로 시작되는 단어 앞에서는 San이라고 되어 있습니다. 샌프란시스코(San Francisco)나 산살바도르(San Salvador) 같은 지명이 대표적입니다.

중세 때는 마리아 숭배가 더 성행했었습니다. 이상한 것은 초대 교회 시기에 있던 '천사 숭배론'이 급속히 쇠퇴하고 처음에는 없었던 '마리아 숭배론'이 점점 더 증가하게 되었다는 사실입니다. 종교심리학에서는 그 이유를 인간심리의 필연적 결과로 설명하고 있습니다. 즉, 인간은 영원히 모성을 찾는다는 이야기입니다.

마리아가 있기 전, 로마가 지배하는 세계에서는 비너스나 아프로디테가 여성의 최고 모델로 있었으나, 마리아가 나타나자 모두 밀려나고 말았습니다. 그리하여 지금은 이 지구상에서 마리아만이 가장 위대한 여인으로 추앙받고 있습니다.

개신교에서는 성부, 성자, 성령, 하다못해 천사까지도 모두 남성 관사인 '호 앙겔로스'를 붙이고 있습니다. 그러나 가톨릭은 보다 합리적이어서 기도의 대상에 신격을 가진 마리아를 두어 기도를 편하고 쉽게 할 수 있도록 만들었습니다. 이것을 비유로 설명하면, 아들이 많은 돈이 필요할 때 아버지에게 직접 부탁하는 것보다는 어머니를 통해서 부탁하면 훨씬 더 용이하게 문제를 해결할 수 있는 것과 같은 이치입니다.

네 가지 마리아 론

마리아가 신격화되지 않은 프로테스탄트 국가에서 영원한 여성상을 찾는 욕구가 뭉쳐서 결국 미인 콘테스트가 생겼다고 합니다. 현재는 프로테스탄트 국가뿐만 아니라 가톨릭 국가를 포함한 전 세계가 미인 콘테스트를 하지만, 사실 그 발상지는 프로테스탄트가 왕성한 북구 국가들입니다.

가톨릭에서는 마리아를 미화하기 위하여 네 가지 마리아론의 교리를 내세우고 있습니다. 신모 마리아론, 평생 동정녀론, 마리아의 무염시태론, 그리고 성모의 몽소승천론이 그것들입니다. 그 이론들을 하나씩 살펴보겠습니다.

첫째, '신모 마리아론'은, 마리아는 신격을 가졌다는 이론으로, 신을 낳은 어머니라는 신성을 부여하여 그녀를 중보자로 인정하고 기도의 대상으로 삼는 것입니다.

둘째, '평생 동정녀론'은, 요셉이 결혼 할 때 예수의 동생이 이미 있었다는 설로, 요셉은 마리아와 재혼하였다는 주장입니다. 결국 마리아는 자녀가 많은 홀아비와 재혼하였다는 설이지요. 여기서 수덕주의(修德主義)라는 것이 생겨나, 이 영향으로 독신주의를 숭상하게 되었고 성관계의 억제와 고행주의가 고상한 것으로 여겨지게 됩니다. 한국에 처음 가톨릭이 들어 왔을 때, 많은 총각 처녀 들이 독신으로 살면서 주님만 섬기는 것이 더 주님을 사랑하는 행위라고 여기며 생활했던 것도 이 이론의 영향을 받은 것입니다.

셋째, '무염시태론'이란, 예수만 동정녀에게서 난 것이 아니라 마리아도 아버지 요아킴과 어머니 안나의 혈육이 아니라 성령으로 잉태되었다는 설입니다. 이 이론은 비오 9세에 의하여 정식 교리로 선포되었습니다.

끝으로 '성모 몽소승천론'이란, 마리아가 90세 때 에녹처럼 몸과 영혼이 그대로 승천했다는 설로, 지금도 8월 15일은 마리아의 승천일로 비오 12세부터 가톨릭의 교리로 지켜지고 있습니다.

개신교 신자의 눈으로 보면 가톨릭이 참으로 무리한 교리를 만들어 교인들에게 믿도록 강요한다고 생각하겠지만, 그렇게만 생각할 수도 없는 것이, 우리 개신교 역시도 그런 면이 있기 때문입니다. 결국 이러한 면은 바로 인간의 종교적 활동과 신앙의 특징이라고도 할 수 있을 것입니다.

신앙 생활하는 사람은 자기가 다니는 교회도 미화해서 말할 줄 알아야 합니다. 남이 자신의 교회에 대하여 물으면, "우리 교회 참 좋아요. 기쁨이 넘치고 평화로운 곳입니다."라고 대답해야 합니다. 외국인들이 우리나라에 대해서 물어오면 '우리나라 좋은 나라'라고 해야 합니다. 비록 정치인들이 머리통 터지게 싸움질을 하더라도 말이지요.

마리아야 말로 지구가 생긴 이래로 최상의 영광을 한 몸에 받은 여성의 모델이 되었고, 거룩한 어머니의 표준이 되었습니다. 우리의 역사와 교회가 그렇게 만든 셈이지요. 성경에도 "당신을 밴 배와 당신을 먹인 젖이 복이 있도다!"(눅11:27)라고 기록되어 있지 않습니까?

아, 마리아!

오늘도 나폴리 항구에 저녁노을이 물들면 산타 마리아 성당에서는 종소리가 은은히 퍼져나갈 것입니다. 그 종소리는 먼 항해에서 돌아 온 선원들에게 위로와 평안을 주겠지요. 또 그들은 석고로 만들은 마리아 상 앞에서 참회의 기도를 올릴 것입니다. 종교사회학적으로 볼 때에 중요한 사실은, 석고로 만들은 마리아 상, 나무로 만들은 십자가, 그리고 쇠로 주조한 종은 단순히 그 재질과 형태를 뛰어넘어서 지금도 수많은 사람들에게 죄를 자백할 수 있는 기회를 주고, 재기의 희망을 주고, 그리고 평화와 안식을 허락한다는 사실입니다.

마리아야말로 가난한 집에서 태어나 교육을 받은 적도 없이 빼어난 미모도 없이 가난한 목수의 집에 시집가서 남편은 아이를 많이 낳고 죽고, 맏아들(그도 목수)에게 의지해 살았는데, 그도 젊은 나이에 죄수의 누명을 쓰고 가장 끔찍한 십자가에 못 박혀 죽었으니 얼마나 애절한 여인입니까?

전설에 의하면 마리아는 12살 때 요셉과 약혼했다고 합니다. 미켈란젤로의 작품 피에타는 16세의 마리아가 자기보다 늙은 33세의 아들 예수의 시체를 안고 우는 모습의 조각 작품입니다. 역시 전설에 의하면 마리아는 16세 때에 예수를 낳았다고 전해집니다. 그렇다면 마리아는 15세의 철없는 나이에 임신을 한 것입니다. 15세 소녀가 천사 가브리엘로부터 임신했다는 통고를 받았을 때, 얼마나 무서웠을까요. 오죽하면 천사가 "두려워 말라, 마리아여!"라고 했을까요.

당시의 율법으로는 처녀가 아이를 배면 간음한 것으로 간주해서 돌로 쳐 죽이도록 (지금도 파키스탄과 같은 나라에서는 여전히 그렇지만) 되어 있었습니다. 그런 율법적인 문제가 아니더라도 참으로 부끄러웠을 것입니다. 혹시라도 요셉이 그녀의 부정을 의심해서 파혼하려고 들었을 지도 모르는 일입니다.

마리아의 찬가 중에는 늘 저의 가슴을 아프게 하는 구절이 있습니다.

> **"그의 팔로 힘을 보이사 마음의 생각이 교만한 자들을 흩으셨고 권세있는 자들을 그 위에서 내리치셨으며, 비천한 자를 높이셨고, 주리는 자를 좋은 것으로 배불리셨으며, 부한 자를 공수로 보내셨도다."**

특히 '주리는 자를 좋은 것으로 배불리셨으며'라는 구절이 늘 가슴에 사무칩니다. 분명 마리아는 자신이 굶어 보았고, 또 굶주린 사람들을 보았음에 틀림없습니다. 우리 주님은 왜 당신이 가르친 모범 기도문 일곱 마디 속에 '우리에게 일용할 양식'이라는 말을 삽입했을까요? 나는 그것을 우리 주님 역시도 굶어 보신 분이었다는 사실을 암시해 주는 대목이라고 생각합니다.

고난 후에 영광이 온다

성경을 보면, 예수님에게는 동생들이 많이 있었지만(고전9:5), 누구 하나 어머니 마리아를 모신 사람은 없었습니다. 마리아는 아비 없는 자식들을 키우느라고 고생만 했지 효도는 별로 받아 보지 못한 여인이었습니다. 예수님이 돌아가시면서 요한에게 당부한 부탁(네 어머니시다) 때문에 요한은 마리아를 에베소에서 90세까지 모셨다고 합니다. 마리아의 나이 49세에 예수님이 돌아가셨으니 무려 41년 동안을 제자 요한이 모셨다는 이야기가 됩니다.

사실 마리아에게 있어서 가장 힘든 시기는 아들이 죽는 과정을 지켜보는 때였을 것입니다. 성지순례를 갔다 오신 분들은 누구나 비아돌로로사를 걸어 보셨을 겁니다. 비아돌로로사에는 열 네개의 포스트가 있는데, 그중 네 번째 포스트는 마리아가 피에 얼룩진 몸으로 십자가를 지고 가다 쓰러진 아들의 몸을 만지다 그 자리에 기절하여 쓰러진 곳입니다. 여러분들도 마찬가지일 것입니다. 세상에 어느 어머니가 자식이 그렇게 피투성이가 되어서 무거운 형틀을 지고 가다 쓰러졌다면 기절하지 않을 사람이 있을까요.!

바보 같은 마리아, 한번 기절했으면 그 길로 병원으로 가든지 아니면 집에 가서 이불을 뒤집어쓰고 울든지 할 것이지, 그 아들의 고난의 과정을 다 지켜본단 말입니까! 무엇 때문에 빌라도의 법정, 가야바의 법정, 헤롯의 법정을 밤새워 따라다니며 아들의 재판을 지켜보며 가슴 태운단 말입니까!

그러나 어느 어머니가 자신이 매를 맞고 법정에 끌려가면 보기 싫다고 집에 들어가겠습니까? 석방시킬 권력이나 힘이 없으니까 가슴만 태우고 멀리서 가슴만 태우고 지켜보겠지요. 혹 당신의 아들이 비아돌로로사 십자가를 지고 걸어갔다면 아마 당신도 마리아처럼 울며불며 그 뒤를 따라갔을 것입니다.

이렇듯 마리아의 슬픈 생애는 기독교의 구원의 공식을 설명해 주는 귀중한 자료가 됩니다.

첫째 공식은, 십자가를 통과한 후에 부활이 있듯이 고난을 통과한 후에야 영광이 온다는 것입니다. 여러분 중에 존경받는 크리스천이 될 분이 계십니까? 예수를 위해 고난을 받으십시오. 아직 좋은 환경에서 태어나 호화로운 생활을 하는 분이 계십니까? 참 영광의 주인공이 되려면 이웃을 위해, 민족을 위해 고난 받으십시오.

둘째 공식은, 하나님은 인류 구원을 위해 사람을 이용한다는 사실입니다. 예수는 하나님이 인간이 되어 오신 분인데, 하나님이 인간이 되는데 기적이 있을 바에야 그냥 하늘로 직접 오시지 하필이면 마리아의 자궁을 빌어 아기의 형태로 오셔야 했을까요? 왜 수속을 복잡하게 하고 왜 사람을 도구로 사용하셔야만 했을까요?

－마리아 없이 예수는 세상에 오시지 못하는가?(못 온다)
－마리아의 자궁을 빌리지 않으면 구세주는 못 오시는가?
  (못 온다)
－헤롯이 수많은 아이들을 죽이지 않고서는 구세주는
  못 오시는가? (못 온다)

우리는 말씀으로 천지를 창조하시 분이 인류구원도 말씀으로 하시지 왜 당신의 아들을 십자가에 못 박아 죽이는 복잡한 과정을 거치게 하느냐는 의문을 가질 때가 있습니다. 그러나 아기 예수의 탄생이나 십자가의 사건은 절대로 하나님의 모자람을 나타내는 것이 아닙니다. 하나님은 인간의 몸과 수모, 수치 등을 제공받아 당신의 뜻을 이루려고 하십니다. 인류 구원을 위한 하나님의 뜻을 이루기 위해 도구로 선택한 사람이 바로 마리아였고 예수였습니다.

여기서 우리가 잊지 말아야 할 중요한 교훈이 하나 있습니다. 바로 인간이 준비하기 전에는 하나님은 결코 오시지 않는다는 교훈입니다. 마리아가 자신이 수모를 당할 결심과 예수를 출산할 준비를 하기 전까지는 하나님은 결코 인간을 구원하시려고 하지 않으셨습니다.

오늘 우리도 인류 구원의 대 역사 앞에 도구로, 준비된 사람으로 쓰이도록 자신을 돌아보며 고난의 자리에도 성큼 다가가는 성도들이 되십시다.

침묵하십시다.

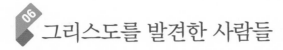

06 그리스도를 발견한 사람들

"그러므로 주께서 친히 징조를 너희에게 주실 것이라.
보라, 처녀가 잉태하여 아들을 낳을 것이요…"
(사7:14)

"예루살렘에 시므온이라 하는 사람이 있으니 이 사람은 의롭고 경건하여
이스라엘의 위로를 기다리던 자라…"
(눅2:25~35)

나는 오늘 전기(傳記)로서의 예수를 말하려는 것이 아니라 우리가 예수의 생애에 갖다 준 의미를 캐어보려는 것입니다. 예수 탄생의 모든 이야기는 논리적 맥락과 사실성(史實性)이 미약합니다. 복음서의 기록들은 이미 예수를 신앙의 대상으로 받아들인 사람들의 고백문학이지 역사적 서술을 목적으로 하는 전기가 아닙니다. 그것은 '신념과 희망의 시'입니다. 시는 함축된 상징과 유추(analogic)와 은유이지 실증주의의 기록

은 아닌 것입니다.

사람은 원래 자기가 좋아하는 대상에 대하여 미화작업을 합니다. 하물며 그것이 신앙의 대상이 될 때에는 그 미화작업은 극도에 달하여 신앙적인 윤색과 신화적인 분위기를 첨가하게 마련입니다. 복음서에 나타나는 예수의 모습은 어느 영웅의 전기와는 전혀 다릅니다. 그것은 회화(繪畵)가 대상의 객관적인 재현이 아닌 것과 같습니다. 회화는 화가의 주관적 세계를 여과해 나온 것입니다.

욥은 양심의 괴로움으로 다음과 같이 울부짖었습니다.

"가령 내가 의로울지라도 내 입이 나를 정죄하리라. 가령 내가 온전할지라도 나의 죄악이 증거하리라… 내가 눈 녹은 물로 몸을 씻고 잿물로 깨끗이 할지라도 주께서 나를 개천에 빠지게 하리니 내 옷이라도 나를 싫어하리이다."(욥9:20, 30~31)

욥이 이렇게 종교적인 괴로움 속에 있을 때, 세상의 지적인 이론이 그를 구원할 수 있었습니까? 고명한 선생의 카운슬링이 그를 구원할 수 있었습니까? 인간의 존재론적 고뇌에는 위인의 전기 같은 것은 아무런 처방도 되지 않습니다.

하나님이 세상에 강림하시다

예수는 2000년 전 한 인간으로 이 땅에 오셨습니다. 그것은 하나님이 세상에 강림하신 것입니다. 하나님이 인간이 되셨다 (요1:14)는 것을 믿지 못하는 사람들이 많지만 그러나 하나님의 강생을 바라지 않는 사람은 하나도 없습니다.

기독교의 화육(化肉)의 교리를 부인하는 사람일지라도 어떤 방법으로든지 세상에 하나님의 강림이 필요하다는 것은 믿습니다. 그래서 샤머니즘에서도 신인(神人)의 합치를 믿었고, 브라만교에서도, 이슬람교에서도 신인의 합치를 믿었습니다. 실로 신인합치는 인류 역사 이래의 동서양을 막론한 오랜 염원이요, 오랜 이상입니다.

누구나 구세주를 찾고 있으며 어느 종교나 인류구원을 희구하고 있습니다. 우리가 엄한 아버지와 자애로운 어머니를 필요로 하듯이 누구나 영혼의 구세주를 필요로 합니다. 그래서 어떤 사람에게는 천자(天子)라는 칭호를 붙이기도 하고 또 다른 사람에게는 교조(敎祖)라는 권위를 부여하기도 합니다.

모든 종교의 창시자는 모두 다 자기네들이 하늘의 뜻을 받들었다고 합니다. 하나님의 강림을 믿는다는 사실에 있어서는 그들이나 우리들이나 동일합니다. 다만 우리의 하나님과 그들의 신은 성질이 다릅니다. 그들은 자신들의 노력으로 하늘에 올라가서 신(神)을 만났다고 주장하는 반면, 우리들의 하나님은 하나님 편에서 친히 이 땅에 내려오셔서 우리들을 만나 주신 것입니다.

어떤 모양으로 오실까?

어떤 사람들은 우주의 주재자는 황제의 모양으로 이 세상에 온다고 믿었습니다. 로마인이나 중국인도 황제를 신으로 섬겼습니다. 그랬더니 그 중에서 네로와 같은 독재자가 나왔고 진시황과 같은 폭군이 나왔습니다. 어떤 사람들은 신성한 분이니 반드시 사제의 모습으로 올 것이라 믿었습니다. 그래서 티베트인들은 어떤 사람을 '라마'로 숭배하였습니다. 일본도 한때는 그랬습니다.

그들은 모두 신의 강림을 사모했으나 악마의 속삭임에 빠져 하나님이 아닌 존재에서 하나님의 모습을 찾았습니다. 마치 마태복음 25장의 왼편에 선 사람들처럼 구세주는 기적적이고 눈부신 모습으로 나타날 줄 알고 그분이 나타날 때 힘껏 대접하려고 대기하고 있었던 것입니다. 그들이 종교심이 없었던 것도 아니요, 충성심이 부족한 것도 아니었습니다. 다만 그들이 몰랐던 것은 메시아가 가난한 사람, 배고픈 사람, 병든 사람, 갇힌 사람의 모습으로 올 줄을 몰랐을 뿐입니다. 동방박사들도 별을 따라 왔지만 새 임금은 으레 왕궁에서 날 줄 알고 헤롯궁부터 먼저 찾아갔습니다.(마2:1~12)

하나님은 세상에 오실 때 황제나 승려나 학자의 모습이 아니라 겸손하고 온유한 모습으로 오셨습니다.(마11:29) 그는 숨어서 선을 행하시는 분이며, 노동을 좋아하시는 분이고, 가난한 사람, 병든 사람, 그리고 소외된 사람의 친구가 되어 주신 분입니다.

아직 하나님을 본 사람은 없습니다.(요일4:12) 하나님의 외아들, 아버지의 품에 있던 자만이 하나님을 알도록 나타내셨습니다. 그가 유일무이한 통로요 교량입니다. 우리의 구세주, 우리의 변호인, 우리의 희망이신 예수는 하나님을 대표하여 이 세상에 오실 때 여인의 자궁을 통하여 갓난아기의 모습 그대로 오셨습니다. 그는 배고픔과 가난을 아는 사람의 모습으로, 동물이 기거하는 마구간에서, 인간과 동물의 경계선에서 태어나신 것입니다.

지구가 생긴 날부터 제일 축복받은 날은 하나님의 외아들이 나사렛 예수의 모습으로 태어나신 날입니다. 이 날은 인류의 자유가 탄생한 날이요, 구원의 오랜 꿈이 성취된 날입니다. 이 날은 죄 중에 고민하던 사람과 하나님의 아들이 나타나기를 고대하며 신음하던 자연이 '용서의 소리'를 들은 날입니다. 이 날은 역사의 신기원이요, BC(Before Christ)와 AD(Anno Domini)의 분수령이 된 날입니다. 낡은 세대는 이 날로 끝나고 새로운 시대가 전개되었습니다.

동정녀의 몸에서 나시다

그러나 그 분이 태어나신 날은 해도 달도 시도 분명치 않습니다. 그러나 이러한 약점은 그가 구세주가 되시는 데 아무런 장애가 되지 않습니다. 우리는 하다못해 공자, 석가, 플라톤, 마호메트 정도만 되어도 태어난 해를 정확히 모릅니다.

우리 주님이 나신 해와 달이 희미한 것은 영원의 역사와 유한의 역사가 부딪힐 때, 또는 찬물이 더운물과 뒤섞일 때 생기는 일종의 안개 현상입니다. 유한자 이사야가 무한자 하나님을 만났을 때 연기 현상이 일어난 것과 같습니다.(사6:8) 현재 크리스마스로 잡은 날도 사실성은 없으며 로마 태양신의 탄생일을 기독교가 그대로 채용한 것에 불과합니다. 예수님은 AD 1년에 나신 것이 아닙니다. 나신 때를 잘 모르는 것은 신인합일의 순간에 생기는 신비요, 말씀과 육이 부딪칠 때 일어나는 한 바람입니다.

예수의 족보도 그래서 모호합니다. 친가로 갔다가 외가로 갔다가 하는 족보가 어디 있습니까? 그나마 요셉의 피가 섞이지 않았으니 요셉까지의 족보도 무의미하게 되었습니다. 단지 분명한 것은 나실 지명(마2:6, 미5:2)과 동정녀 잉태 같은 것이 예언되었을 뿐입니다. 처녀가 아기를 낳았다는 말을 들을 때 심령이 더러운 자들은 더러운 일을 연상합니다. 그러나 성령의 감화를 받은 사람들은 구구절절이 은혜요, 감격이요, 신비입니다. 마리아는 천사의 고지를 들었을 때 "그대로 되어지이다."(눅1:38)라고 순종했습니다. 처녀로서 부끄러움과 돌로 쳐 죽임을 당하는 위험을 무릅쓰고 하나님께 순종할 때, 그 순종이야말로 하나님이 인간으로 태어나시는 데 결정적인 기여를 한 셈입니다.

아무리 생각해도 마리아가 성령으로 잉태했다고 말할 수밖에 없습니다. 아기 예수는 하나님의 직접 작품입니다. 무식한 마리아의 혈통이나 IQ만 가지고는 예수같은 위대한 분을 낳을 수 없습니다. 지상의 큰 인물들의 어머니는 모두 무명했거나 무식했습니다. 그러나 그들은 모두 신심이 깊었습니다.

역사의 기라상같은 여성들은 위대한 아들을 낳지 못했습니다. 어머니의 교양, 학위, 아름다움이 아들을 위대하게 만드는 것이 아니라, 하나님께 대한 순종, 하나님께 대한 깊은 신뢰가 아들을 훌륭하게 만듭니다. 청년들은 결혼 대상으로 신앙 여성을 찾아야 함이 마땅합니다.

하나님을 발견한 사람들

아기를 찾아뵙고 경배한 사람들은 정직하고 소박한 목자들이었습니다. 그들은 들판에서 작업하는 노동자들이며 '땅의 사람들'이었습니다. 지혜 있는 자들은 자기들의 지혜로 하나님을 발견하지 못합니다.(고전1:21) 하나님은 그 깊은 뜻을 어린아이와 같이 어리석은 자들에게 나타내십니다.

동방박사들도 마찬가지입니다. 그들은 별을 관찰하되 과학적 견지에서가 아니라, 인류의 운명과 관련지어 관찰하였고, 정치를 충고하되 정치학적 견지에서가 아니라, 도덕적 견지에서 충고하였으며, 역사를 보되 과학으로서의 역사가 아니라, '의미로서의 역사'를 보았습니다. 지금도 인류의 운명을 걱정하는 자, 도덕과 윤리를 염려하는 자, '의미로서의 역사'를 관찰하는 자는 아기 예수를 발견할 것입니다.

본문의 시므온도 연령으로 보면 죽을 때가 이미 지났지만 하나님이 이스라엘을 구원하시는 섭리를 보기 전까지는 차마 눈감고 죽을 수 없노라고 버티던 노인입니다. 그러던 노인이 아기 예수를 보고서는 비로소 안심하고 죽을 수 있게 되었습니다. 본문의 안나도 일생 과부로 지내면서 아무런 낙이 없어 성전에서 기도만 하던 84세의 노파였지만, 이스라엘의 구원의 표시를 보고 이제는 평안히 눈감고 죽을 수 있게 되었다고 했습니다. 남녀의 정념이 다 끊어지고 인간적 욕망이 세파에 다 씻겨 나간 후 머리에는 흰 눈을 이고 육안은 어두워진 노인들이었지만 그들은 영안으로 구세주를 발견하였던 것입니다.

이들이야 말로 참 시인이요, 천리안을 가진 사람들이었습니다. 제사장들이 그들의 종교적 정성으로 발견하지 못한 아기를, 희랍의 철학자들이 그들의 학문으로 발견하지 못한 아기를, 그리고 율법사들이 그들의 성경지식으로 발견하지 못한 구세주를, 목자와 동방박사와 두 노인은 발견했던 것입니다.

힐렐, 샤마이, 가말리엘, 사두개, 열심당이 구세주의 오심을 기다렸으나 그들의 대망열(大望熱)로도 구세주를 발견하지 못했습니다.

오늘날도 그 마음이 겸손하고 온유한 자만이 구세주를 발견합니다. 헬라적 철학이나 유대적 기적으로는 결코 주님을 발견하지 못합니다. 어린아이와 같은 사람만이 구세주를 발견 할 수 있습니다. 지식인이 어디 있습니까, 학자가 어디 있습니까, 이 세상 변론가가 어디 있습니까, 하나님이 세상 지혜를 어리석게 만드시지 않으셨습니까!(고전1:19~20)

일제의 강점시대, 조국의 운명을 걱정하던 선각자들은 모두 구세주를 발견한 사람들입니다. 한국의 교회들는 그들을 숨겨주고 비호하고 후원하는 세력이 되었던 것입니다.

하나님은 오늘날도 현명한 자들에게는 그 뜻을 숨기시고 어리석은 사람들에게만 영안을 주십니다. 지금도 돈에 혈안이 되지 않은 사람, 늘그막에 어떻게 즐겁게 보낼까를 궁리하지 않는 사람, 헐벗고 굶주린 자들을 측은히 여기는 사람, 그리고 민족의 장래와 조국의 통일을 골똘히 생각하는 사람, 그런 사람들의 눈에는 아기 예수가 보일 것입니다.

침묵하십시다.

마구간의 문을 열어 두시오

"이것을 지혜롭고 슬기있는 자들에게는 숨기시고
어린 아이들에게 나타내심을 감사하나이다…"

(마11:25~30)

"요셉도 다윗의 집 족속이므로 갈릴리 나사렛 동네에서
유대를 향하여 베들레헴이라 하는 다윗의 동네로…"

(눅2:4~11)

크리스마스에 나오는 마구간의 모습은 아름답고 깨끗합니다. 그러나 이천 년 전의 역사적 정황으로 되돌아가 예수 탄생 기사를 다시 읽으면, 그 마구간은 아름다운 곳도 아니고 깨끗한 곳도 아니며, 오히려 가난하고 비참한 스토리라는 것을 깨닫게 됩니다. 요셉이 돈 많은 남자였거나 조금만 도량 있는 남자였다면, 마소가 자는 곳에서, 가축들이 지켜보는 가운데서 아내로 하여금 몸을 풀게 하지는 않았을 것입니다.

마소가 기거하는 짚더미 위에서 나이 어린 산모의 초산의 진통 소리는 요란했을 것입니다. 전승에 의하면 마리아는 16세에 예수를 낳았다고 하니 그 초산의 진통이 얼마나 심했을까요?

　요셉은 또 어땠을까요? 아기 탄생 때까지 그들은 순결을 지켰으니 요셉은 숫총각이 틀림없을 터인데, 그런 숫총각의 해산 뒷바라지는 가히 짐작할 만합니다. 아기 목욕이나 제대로 시키고 탯줄이나 제대로 처리할 줄 알았을지 의문입니다. 필자가 첫 아이를 가졌을 때를 회상하면 가히 짐작하고도 남음이 있습니다. 목자들이 경배하러 갔을 때, 이미 많은 사람들이 구경하려고 나와 있었으니(눅2:8) 가족 세 사람은 구경거리가 된 셈입니다.

소외된 자의 명절

　예수는 동물이 새끼를 낳는 곳에서 태어나셨습니다. 그는 동물과 인간의 경계선에서 나셨습니다. 그 이유는 아무리 비참한 사람이라도, 아무리 짐승 취급을 받는 인간이라도, 예수는 그들을 포용하고 구원하시려고 오셨기 때문입니다. 그는 어떠한 사람도 그를 거리감 없이 구주로 모실 수 있도록 낮게 오셨습니다. 그는 어떠한 상황에서도 우리와 '연대화' 하십니다. 그는 자신을 죄 많은 사람들과의 '관계성' 속에 두셨습니다. 그래서 크리스마스는 출세하지 못한 사람들의 축일이요, 죄인들의 명절입니다. 크리스마스는 작은 자, 콤플렉스의 소유자, 국외자, 그리고 소외된 자 들의 명절입니다.

왜 구세주는 아기 예수의 모습으로 오셨을까요? 한 번쯤 의문을 가져 볼만한 일입니다. 말씀만으로도 천지를 창조한 분이 단지 말씀으로 인류를 구원하시지는 못했을까요? 아니면 눈부신 용사의 모습으로 구세주를 세상에 보내실 수는 없었을까요? 왜 하필이면 시골 여자의 자궁을 빌어 아기의 모습으로 오셨을까요?

인간 편에서 하나님께 도달할 길은 없습니다. 인간 이성의 정점으로도, 수양과 명상의 극치로도, 금욕과 고행의 관철로도, 율법의 완벽한 실천으로도, 인간은 하나님께 도달할 수 없습니다. 하나님 편에서 인간에게 다가오시고, 하나님 편에서 인간의 상대가 되어주시고, 하나님 편에서 자세를 구부려 인간을 얼싸안는 방법밖에는 없습니다.

아기의 모습으로 성육신 하신 예수를 통해서만 인간은 하나님을 만날 수도 있고, 하나님을 알 수도 있습니다. 바로 여기에

'져주시는 하나님'의 사랑과 섭리가 있는 것입니다. '무능함 속에 날개를 접고 들어오신 하나님'이 곧 아기의 모습입니다.

지금도 공공연히 도전하는 오만한 인간에게 하나님은 져주시는 것 같아 보입니다. 하나님은 창칼 앞에서 여리디 여린 아기의 피부로 대하십니다. 그것은 '하나님의 무력(無力)'이 아니라, 오만한 자까지도 구원하시려는 '하나님 사랑의 무한한 인내와 정성'입니다. 크리스마스의 메시지는 어른과 같은 권모술수 속임수보다는 어린아이와 같은 순진, 진실, 사랑이 우위에 있다는 것을 천명하는 일입니다. 주판알을 튕기면서 눈에 불을 켜고 있는 사람들, 전쟁 도발을 위하여 구실을 찾는 사람들, 강제로 인간을 곡예 태우고, 사상의 꼭두각시로 만드는 사람들에게 "아니다."를 선포하는 일입니다.

진리는 지혜롭고 총명한 자에게는 가리워있고, 어린 아이 같은 자(마11:25)에게만 보여집니다. 세상에서 활개 치는 자는 언제나 영악한 어른들이지만 그들에게는 하늘나라가 없습니다(마18:3). 주님 자신이 한 사람의 커다란 어린 아이셨습니다.

한국은 커다란 마구간

오늘의 대한민국은 하나의 큰 마구간입니다. 가축의 분뇨 냄

새보다 더 지독한 아황산가스를 맡아야 하고, 물도 제대로 마실 수 없는 곳입니다. 여성이 안심하고 집을 지킬 수도 없고, 택시를 탈 수도 없는 곳입니다. 21세기 한국의 마구간은 예수님이 태어나실 때의 베들레헴 마구간보다 훨씬 더 넓고 훨씬 더 위험합니다. 우리는 '도덕이 황폐화된 마구간'에 살고 있습니다. 많은 사람들이 공직에서 물러났으며, 많은 별들이 떨어졌건만, 국민은 아직도 무감각하고 비리는 도처에 편만해 있습니다. 우리 국민의 양심을 눈뜨게 할 힘은 무엇입니까? 물가는 오르고, 경기는 침체하고, 하나님이 주신 강토는 쓰레기더미가 되었습니다. 이전에는 없던 병들이 생겨나고, 하늘과 땅과 바다에서 잇달아 대형사고가 일어나고 있습니다.

러시아와 일본이 버린 핵 처리 쓰레기가 동해바다와 수산물을 오염시키고 있으며, 중국에서 날아오는 황사와 미세먼지는 우리의 하늘을 위협하고 있습니다. 우리가 안심하고 호흡할 공기가 없으며, 안심하고 마실 물이 없습니다. 농약으로 오염되지 아니한 채소도 없고, 안심하고 먹을 과일도 없습니다.

눈을 돌려 한반도를 봅시다. 북한은 이제 수십 개의 핵무기를 갖고 있다고 큰소리를 치는 실정입니다. 남한은 '도덕적 마구간'에 갇혀 있고, 북한은 '이데올로기적 마구간'에 갇혀 있는 모습입니다. 이 국민이 성민(聖民)이 되는 길은 과연 무엇이겠습니까?

장소를 제공하십시오

그러나 크리스마스의 메시지는 하나님의 자기 비하에서 끝나는 스토리가 아닙니다. 하나님이 인간의 모습으로 태어나 인간의 자리로 내려오신 후, 궁극적으로는 인간을 하나님의 자녀로 고양시켰다는 스토리입니다. 인간화, 인간 가치의 회복은 그리스도를 통해서만 가능합니다.

이 세대, 이 역사는 악마의 손에 전적으로 넘어가도록 맡겨진 것은 아닙니다. 이 세상의 모든 나라와 민족들은 창조 이래 고아처럼 방치된 민족들이 아닙니다. 한국은 아버지 없는 고아가 아니라 아버지를 떠난 탕자일 따름입니다. 탕자의 회개가 있는 날, 잔치는 벌어지고 풍악은 울릴 것입니다.

베들레헴 마구간은 아기 예수가 나심으로 일약 명소가 되고 성소가 되었습니다. 워낙 유명해져서 지금은 '예수탄생교회'가 마구간 자리에 세워져 있습니다. 마구간이 어떻게 성소가 되었습니까? 마구간의 분뇨를 다 치워내고 짚 무더기를 다 청소하고 향수를 뿌려서 성소가 된 것은 아닙니다. 무엇보다도 먼저 마리아를 영접하고 아기를 분만할 장소를 제공해서 성소가 된 것입니다.

마구간의 청소가 끝난 다음에 아기 분만의 장소를 제공하였더라면 다급해진 마리아는 다른 장소를 택했을지도 모릅니다. 더러운 상태 그대로, 냄새나는 상태 그대로, 현재 상태 그대로 단지 마구간의 문을 엽시다. 그리고 아기가 태어날 장소를 제공하십시오! 율법주의는 율법을 지킨 후에야 하늘의 은총이 내리지만, 복음은 하나님의 은총을 먼저 받고 감격한 후에 그의 계율을 지키게 합니다. 그러므로 복음은 타율적인 계율이 아닙니다. 아버지의 재산을 허비한 탕자가 돈을 다시 벌어 아버지께 돌아오리라고 마음먹었다면 아버지가 돌아가실 때까지 귀가하지 못했을 것입니다. 그러나 탕자의 가상한 점은 거지꼴 그대로, 빈털터리 모습 그대로 아버지께 돌아오기 위하여 일어섰다는 점입니다.

한국땅 서울아, 너는 가장 작지 않다

'만인에게 미칠 큰 기쁨의 소식'은 아직 '기쁨의 현실'은 아닙니다. 그러나 소식이야말로 사람을 기쁘게 하고 변화시키는 것입니다. 실제로 대학생이 되는 것은 등록금을 내고 입학식을 끝내야 됩니다. 그러나 입학식 때 기뻐 우는 학생은 없습니다. 언제 제일 기쁩니까? 합격의 소식을 접했을 때입니다. 그것은 '현실'이기보다는 앞서 오는 '소식'입니다.

구주 탄생의 소식을 접한 천사의 첫마디는 "두려워 말라." (눅2:10)입니다. 그리고 미가의 예언은 "네게서 한 지도자가 나와 내 백성 이스라엘의 목자가 될 것"(마2:6)입니다.

"유대 땅 베들레헴아, 너는 결코 유대 고을 중에서 가장 작지 않다." 필자는 오늘 이 성구를 읽다가 영감에 사로 잡혔습니다.

"한국 땅 서울아, 너는 결코 세계의 유수한 도시 중에서 가장 작지 않다. 극동의 한반도야, 너는 결코 세계의 큰 나라 중에서 가장 작지 않다. 네게서 지도자가 나와 세계를 지도할 목자가 될 것이다!"

중국은 아직도 패권주의를 버리지 않았고 장기집권의 꿈도 버리지 못했습니다. 시진핑이 트럼프와 만난 첫 회담에서 "한국은 옛날엔 중국의 영토였다."고 말했습니다. 옛날 요동땅이 고구려의 영토였다는 것은 광개토대왕이 세운 비가 증명하고 있지만, 한국이 중국의 영토였다는 증거는 어디에 있습니까?

일본은 종교사상으로 지도자가 되기에는 너무 부자나라가 되었습니다. 일본은 한 세기 안에 큰 전쟁을 (러시아와, 청국과, 그리고 세계 제2차대전까지) 세 번이나 일으킨 나라입니다. 부국에서 나올 것은 식민주의 아니면 군사력이지 평화주의는 아닙니다. 일본은 근본적으로 다신교(多神敎)의 나라요, 심지어는 '정어리 대가리라도 섬기면 신'이라는 속담이 있는 나라입니다.

그렇다면 역시 타고르가 노래한 '동방의 빛'은 한국으로부터 나와야만 합니다. 오늘 기쁨의 큰 소식을 들읍시다. 오늘 무릎 꿇고 천사와 천군의 합창소리를 들읍시다.

"지극히 높은 곳에서는 하나님께 영광이요 땅에서는 기뻐하심을 입은 사람에게 평화로다"(눅2:14)

침묵하십시다.

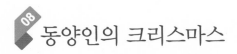

동양인의 크리스마스

"아브라함과 다윗의 자손 예수 그리스도의 계보라
아브라함이 이삭을 낳고 이삭은 야곱을 낳고 야곱은 유다와 그의 형제들을 낳고
...
야곱은 마리아의 남편 요셉을 낳았으니
마리아에게서 그리스도라 칭하는 예수가 나시니라."

(마1:1~16)

아기 예수의 나심을 알고 경배하러 온 사람들은 많지 않았습니다. 확실히 예수님의 생애는 작은 시작, 위대한 결과, 무명한 탄생, 그러나 유명한 죽음이었습니다. 유대 국가에서는 가축들과 함께 철야노동을 하는 노무자인 목자들이 찾아왔고, 국외에서는 멀리 이방의 박사들이 찾아왔습니다.

아무도 오지 않았다

그레코로만의 세계에서는 아무도 오지 않았습니다. 메시아 탄생의 예언을 가지고 있는 종교 국민인 유대인들도 오지 않았고, 천문학과 철학을 가지고 있는 그레코 로마의 세계에서도 오지 않았습니다. 유대나라에는 시대의 징조를 식별하고 예언을 해독하는 대학자들도 많았고, 메시아를 학수고대하는 뜨거운 대망의 민중도 많았건만, 한 사람도 오지 않았던 것입니다. 왔다면 베들레헴의 영아를 살해하려고 칼을 든 헤롯의 군인들이 왔을 뿐입니다.

그러나 예수 그리스도가 이 세상에 탄생하시자 맨 처음 이것을 알고 찾아 뵙기 위해 황금, 유향, 몰약을 가지고, 약대를 타고 산과 물을 건너 질병과 목마름과 도적떼의 위험을 무릅쓰고 온 사람들은 누구였습니까? 그들은 서방 사람들이 아니고 동방 사람들 이었습니다.

그때나 지금이나 하나님의 마음과 예수 그리스도의 마음을 가장 잘 이해하는 사람들은 동양인입니다. 성서가 동양인의 손으로 넘어가 동양인의 지혜로 이해될 때 예수는 비로소 그 모습이 드러나는 것입니다.

바울이 복음을 들고 실크로드를 따라 먼 동양으로 오기보다는 지중해로 나가서 로마로 가기가 더 쉬웠을 것입니다. 그러나 복음은 동양으로 오면서 제 자리와 제 모습을 찾아 빛이 나기 시작했습니다. 동양인은 서양인이 가지고 있지 않는 영적 깊이와 독특한 심리상태를 가지고 있습니다. 마치 여인이 그 예민한 육감으로 선악을 감별하듯이, 동양인은 직감으로 진리에 접근합니다. 그러므로 동방박사들은 예언도 없이, 모세도 모르고, 회당도 없으면서, 그 특유의 영감으로 세상의 왕의 탄생을 직감했습니다. 분석적 논리가 아니라 직감과 영감이었습니다. 그러니까 베드로나 요한보다 30년 전에 이미 동양인이 예수의 첫 번째 제자들이 된 것입니다.

동양과 서양, 무엇이 다른가?

막스 웨버(Max Weber)는 동양인과 서양인의 차이를 인간관으로 설명하였습니다. 서양인들은 인간을 '하나의 도구'로 해석하였고, 동양인들은 인간을 '하나님을 담고 있는 그릇'으로 이해하였습니다. 도구는 고장이 나면 필요가 없어집니다. 도구는 부지런히 돌아야지 주인이 좋아합니다. 그래서 열심히 일하다 보니 돈이 모아졌고, 저축을 하게 되고, 자본이 축적되다 보니

'자본주의'가 생기게 된 것입니다. 그러나 그릇은 하나님을 담기 위해서 도구처럼, 죽은 기계처럼 부지런히 일 할 필요가 없습니다. 조용히 기다리면 신성(神性)이 내려와 그릇에 담기는 것입니다. 다만 그릇의 낀 때를 닦아내면 신성이 거기 자리잡고 자연스럽게 담기게 되는 것입니다. 그러므로 때를 닦기 위해서는 '명상'이 중요했던 것입니다.

서양인의 특성 중의 하나를 '공격성'이라고 한다면 동양인의 그것은 '수동성'입니다. 사회주의나 자본주의 모두 다 같이 서양에서 만들어 진 사상인데, 동양에 들어 와 혼란을 야기시킨 것입니다. 사회주의나 자본주의는 공히 인간을 물질중심적으로 본 사상이지, 인간을 주체적, 영적 존재로 본 사상은 아닙니다. 지금도 동양이라고 하는 '수동의 골짜기'에 동양에서 자생하지 아니한 서양에서 불어 온 두 개의 바람, 즉, 자본주의와 공산주의라는 바람이 불어와서 제 맘대로 휘젓고 있는 셈입니다.

공격적인 서양문화권, 즉, 고발문화권에서는 예수의 산상수훈을 이해할 수 없습니다. 그것을 제대로 이해하는 사람들은 수동적인 동양문화권, 다시 말해, 윤리문화권의 사람들입니다. 공격문화권인 서양에서는 종교적인 큰 인물이 날 수 없습니다.

그래서 예수도, 석가도, 공자도 다 서양문화권에서 나지 않았던 것입니다.

두 가지의 예를 들려 드리겠습니다. 하나는 문학작품에 나와 있는 이야기를 바탕으로 한 동서양의 비교이고 또 다른 하나는 철학자 막스 웨버의 사상을 중심으로 한 비교입니다.

비제의 뮤지컬 카르멘을 보면 주인공 호세는 자기를 사랑해 주지 않는 여인 카르멘을 결국 투우장에서 칼로 찔러 숨지게 합니다. 그리고는 죽어가는 카르멘을 향하여 "오, 내 사랑 카르멘!"하고 외치지요.

고대 서양의 미인이라면 헬레나를 제일로 꼽을 겁니다. 그녀는 전쟁 중에 트로이의 왕자 파리스에 의해 유괴됩니다. 그녀는 남편 멜라니오스에 대한 정조관념 같은 것은 조금도 없습니다. 파리스의 품에 안겨 전쟁 10년 동안 행복한 나날을 보냅니다. 그 사이에 수십 만명의 군사가 죽습니다. 트로이의 노인들은 망루에 선 헬레나를 보고 자기네들의 자식들 10만 명이 죽은 것을 아깝지 않다고 합니다. 결국은 희랍 연합군이 목마에 병사들을 숨겨 들어와서 파리스가 죽고 전쟁은 끝이 납니다. 헬레나는 메넬라오스가 죽자 여러 남자들과 바람을 피웁니다. 성윤리나 정조관념 같은 것은 애당초 없습니다.

그러나 동양을 대표하는 김소월의 시 '진달래 꽃'을 보십시오. 여인은 변심한 님을 말없이 고이 보내드리겠다고 합니다. 심지어는 진달래꽃을 듬뿍 따다가 가시는 님의 앞에 뿌려드리겠다고 하지 않습니까. 그 꽃을 밟고 가시라는 겁니다. 그리고 눈물도 흘리지 않겠다고 다짐합니다. 그러다가 행여 떠나신 님이 가다가 발병이라도 나서 다시 돌아왔으면 좋겠다는 애틋한 마음이 동양인의 심성인 것입니다.

아마도 여러분들 중에서는 미국이나 유럽에서 학위를 받기 위해 살다 온 분들이 많이 계실 것입니다. 미국에서는 아이가 옆집의 우체통을 만져도 경찰을 부르고 아파트에서 쿵쾅거리면서 뛰어도 아래층 사람이 곧바로 경찰을 부릅니다. 미국사람들은 꽃가꾸기를 좋아하고 애완동물을 사랑합니다. 그러나 그 뒷면을 살펴보면 거기에는 '외로움'이라는 정서가 깔려 있습니다. 우리처럼 지지고 볶고 얽히고 설켜가며 사는 삶을 그들은 이해하지 못하는 것입니다.

이런 문화권에서는 오른뺨을 때리면 왼뺨도 대주고, 속옷을 달라하면 겉옷을 벗어주고, 오리를 가자하면 십리를 가주라(마 5:39-41)는 예수님의 가르침을 제대로 이해할 수가 없는 것입니다.

빛은 동방으로부터

빛은 동방으로부터 옵니다. 동방은 어디입니까? 근동입니까? 원동입니까? 중동입니까? 아무래도 동쪽의 동쪽인 극동일 것입니다. 극동에는 얼굴이 노란 사람들이 사는 세 나라가 있습니다. 한국과 중국과 일본입니다. 이 지역에는 태평양시대가 올 때 주역이 될 무서운 백성들이 살고 있습니다. 중국인은 '실리적'이어서 장사를 잘 하고, 일본인은 '예술적'이어서 약한 데가 있고, 한국인은 '종교적'이어서 극성맞게 믿습니다. 믿음의 대폭발은 한국에서 일어납니다.

원래 종교적인 위대한 사상은 '고난의 백성'으로부터 나옵니다. 중국은 공산주의이고 일본은 종교사상을 창출하기에는 너무 부자입니다. 부한 나라에서 나올 것은 식민주의 아니면 군사력이지 결코 가난을 통과하여 나오는 부활사상이 아닙니다.

역시 타고르가 노래한 동방의 등불은 한국밖에 없습니다. 세계를 돌아다녀보면 '예수가 이미 다녀가신 지역'은 많지만 '예수가 현재 와 계신 지역'은 역시 한국뿐입니다. 한국 국민은 아시아를 교화시킬 선지적인 국민이요, 한국은 세계에 기독교를 수출할 종교대국입니다.

대한민국은 장차 예수교의 종주국이 될 것입니다. 대한민국은 새벽기도가 왕성한 세계에서 유일한 국가이자, 십일조 생활하는 교인들이 400만에 달하는 나라입니다. 불교가 1500년 동안 국민들의 정신을 지배하였고 그 뒤를 이어 유교가 다시 500년을 지배하였습니다. 그런 나라에서 기독교가 불과 130여년 만에 이토록 엄청난 부흥을 하였다는 사실은 그저 놀라울 뿐입니다.

하나님께서는 예언자 이사야를 통하여 이렇게 말씀하십니다.

> "그러므로 너희가 동방에서 여호와를 영화롭게 하며, 바다 모든 섬에서 이스라엘의 하나님 여호와의 이름을 영화롭게 할 것이라"(사24:15)

> "내가 동쪽에서 사나운 날짐승을 부르며 먼 나라에서 나의 뜻을 이룰 사람을 부를 것이라. 내가 말하였은즉 반드시 이룰 것이요, 계획하였은즉 반드시 시행하리라"(사46:11)

이 말씀은 하나님께서 한국의 고레스를 부르고 계신다는 말씀입니다. 그러나 우리는 고레스를 너무 좁은 의미에서 해석하는 어리석은 우를 범해서는 되지 않을 것입니다. 동방박사들이 죽음의 위험을 무릅쓰고 온갖 희생을 지불하면서 감행한 그 기막힌 여행의 보상은 무엇이었습니까? 어리석은 사람들, 순진한 사람들, 악착같이 땅의 것을 추구해도 못사는 동방박사들, 하늘의 별만 쳐다보고 살았으니 보나마나 그들의 살림은 가난했을 것입니다.

그러나 동방박사들의 삶은 그 뒤에 따를 수많은 '예수에게 사로잡힌 사람들'의 삶을 상징하고 있는 것입니다. 예수가 너무 좋아서 예수에게 다 바치고 가난하게 살면서도 기뻐하는 사람들, 그들이야말로 순진하고 충성스러운 한국 크리스천의 상징인 것입니다.

우리 모두는 우리를 불러 주시는 하나님의 음성에 순종하며 희생과 수고를 기쁨으로, 감사로 보답했던 동방박사들처럼 온전히 예수께 사로잡힌 삶을 사십시다.

침묵하십시다.

김창주 목사
설교모음

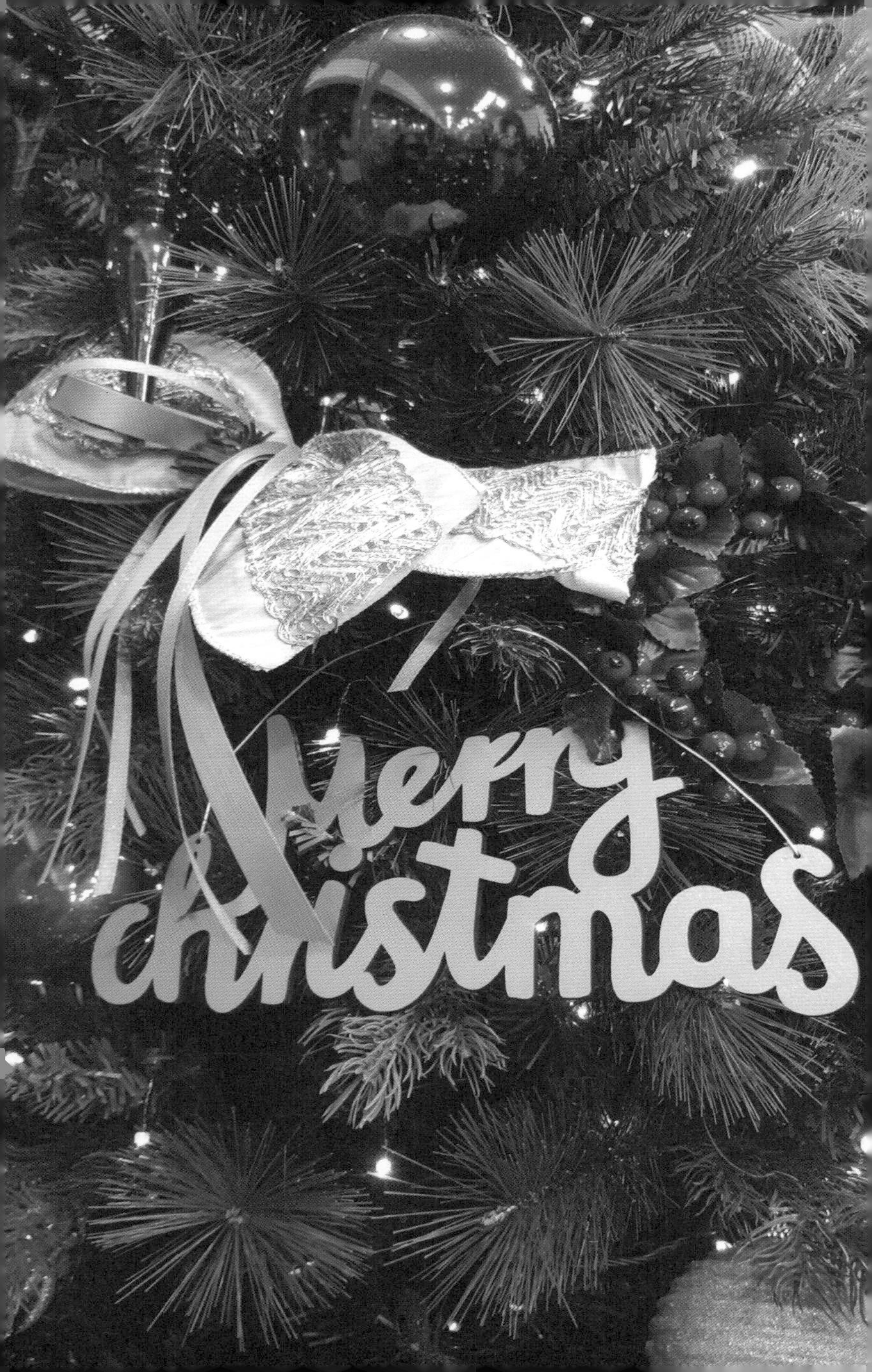
Merry christmas

09 스캔들을 넘어서…

"참 빛 곧 세상에 와서 각 사람에게 비추는 빛이 있었나니…"
(요1:9~13)

"주님께 나아오십시오. 그는 사람에게는 버림을 받으셨으나
하나님께는 택하심을 받은 살아 있는 귀한 돌입니다…"
(벧전2:4, 6~8표새)

내가 운전할 때는 횡단보도를 늦게 건너는 사람을 욕하
고, 횡단보도를 건널 때는 빵빵대는 운전사를 욕합니다.

내가 하면 로맨스, 남이 하면 스캔들

남이 천천히 운전하면 소심한 운전자이고, 내가 천천히 몰면
안전운행을 하는 것입니다. 남의 남편이 설거지를 하면 주책
이고, 내 남편이 설거지를 하면 보기 좋습니다. 나의 흰머리는

지적 연륜이고, 남의 흰머리는 조기 노화 탓입니다. 그래서 내가 하면 '로맨스'이고, 남이 하면 '스캔들'이라는 말이 있습니다. 사람은 이처럼 간사합니다.

초대교회의 스캔들

오늘은 성경에 나오는 스캔들이라는 단어는, 헬라어로 스칸달론이라는 단어입니다. 초대교회 당시, 복음은 이방인들의 눈에는 분명히 스캔들로 이해되었습니다. 그래서 우리는 하나님의 스캔들, 복음의 스칸달론, 하나님이 어떤 스캔들을 일으키셨는지를 생각해 보려고 합니다.

스캔들(Scandal)은 우리 사전에는 '추문'이라고 번역되어 있습니다. 스캔들은 덕스럽지 못한 행동이나 상황에 대한 소문 또는 잘못이나 비행으로 발생되는 위반 행위라고 정의합니다. 그래서 누구나 귀를 쫑긋하게 만들고, 그 말을 듣고 나면 옮기지 않고는 견딜 수 없어서 입이 근질근질한 이야기들을 스캔들이라고 말합니다.

본문에는 스캔들이라는 말이 여러 번 등장합니다. 먼저, 우리가 읽은 신약교독의 고린도전서 1장에서 바울은 고린도 교인들에게 보내는 편지의 서두에 스캔들이라는 단어를 사용하므로 고린도 교회의 관심을 끌고 있습니다. "우리는 십자가에 못 박힌 그리스도를 전하니, 유대인에게는 '거리끼는 것이요, 이방인에게는 미련한 것이로되…'라고 되어 있는 본문에서 '거리끼는 것'으로 번역된 헬라어가 바로 '스칸달론'입니다. 예수 그리스도, 하나님의 아들이 십자가에 달려 죽었다는 것 그리고 십자가에 못 박힌 그리스도를 우리가 전한다는 것은 유대인들에게는 스캔들이었습니다. 다시말해 메시야, 즉, 예수 그리스도가 십자가에 죽기 위해서 이 세상에 오셨다는 이 사실은 스캔들이 되기에 충분하였고 입이 근질근질해서 말하지 않을 수 없는 사실이라는 고백입니다.

걸려 넘어지게 하는 돌, 장애물 예수

오늘 우리가 읽은 두 번째 본문은 베드로 전서 2장입니다. 여기서는 예수 그리스도를 살아있는 돌, 혹은 모퉁이의 머릿돌에 비유합니다. 4절과 5절에는 "주님께 나아오십시오. 그는 사람에게는 버림을 받으셨으나, 하나님께는 택하심을 받은 살아 있는 귀한 돌입니다. 여러분도 살아 있는 돌과 같이 되었으니, 신령한 집을 짓는 데에 쓰이도록 하십시오."라고 말하고 나서 7절과 8절에서 "이 돌(예수)을 믿는 사람들에게는 귀한 것이지만 믿지 않는 사람들에게는 집 짓는 자들이 버렸으나, 모퉁이의 머릿돌이 된 돌이요, 걸리는 돌과 넘어지게 하는 바위일 뿐"이라고 말합니다. 여기에서는 소위 '장애물'이라고 번역될 수 있는 '스캔들'이라는 헬라어 단어가 쓰인 것을 볼 수 있습니다. 헬라어로 프로스콤마는 걸리는 돌(장애물)이고 두 번째 나타나는 스칸달론, 넘어지게 하는 돌(올가미, 추문)이 바로 예수 그리스도이시라는 말입니다.

다시 말하자면, (예수라고 하는 그리스도가) 여러분들에게는 귀한 돌일지 모르겠지만, 믿지 않는 사람들에게는 걸리는 돌, 넘어지게 하는 바위라는 말입니다. 바로 이런 인간과 하나님과의 거리를 잘 묘사해 주는 말씀은 이사야서 55장입니다.

> **"나의 생각은 너희의 생각과 다르며 너희의 길은 나의 길과 다르다. 주께서 하신 말씀이다. 하늘이 땅보다 높음같이 나의 길은 너희의 길보다 높으며 나의 생각은 너희의 생각보다 높으니라"**

그래서 당나귀처럼 뒷걸음만 치던 바울에게 십자가에 달린 그리스도, 십자가에 달려 죽은 그리스도라는 말은 도저히 용납하거나 이해할 수 없는 흉측한 스캔들로 여겨졌던 그런 시절이 있었던 것입니다.

예화1. 불에 타고 그을린 목사님의 책

제가 아는 목사님 가운데 목사님의 서재에 불타다 남은 책을 그대로 꽂아둔 목사님이 계십니다. 지금부터 40년 전, 석유난로를 피워 놓고 둘러앉아서 분반공부를 하는데, 장난꾸러기 유치부 남자 아이들이 뛰어다니면서 석유난로를 안고 넘어졌습니다.

석유통이 쏟아지면서 불길이 번졌는데, 유치부 여선생님은 가르치던 다섯 살, 여섯 살짜리 5~6명 아이들을 데리고 급히 그 방을 빠져나왔습니다. 삽시간에 불길은 번져서 한 지붕 아래에 있던 부목사님의 사택으로까지 퍼졌습니다.

"불이야!" 하는 소리에 달려온 부목사님은 놀라서 달려 나오셨고, 울고 서 있는 유치부 선생님에게 "아이들은 다 나왔냐?"고 물었습니다. 그때야 정신을 차린 여선생님은 아이들을 헤아리더니 "세 명이 없다."는 것이었습니다.

아무도 들어가지 못하는 그 방으로 젊은 목사님은 맨몸으로 뛰어 들어갔고, 아무것도 보이지 않는 그곳에서 팔을 벌려 부둥켜안았는데, 아이 셋이 가슴에 척! 하고 와 닿았던 것이었습니다. 부목사님은 한꺼번에 아이 셋을 안고서 그 불구덩이에서 나왔고, 천만 다행으로 한 생명도 상하지 않고 모두 구해 낼 수 있었습니다. 그러나 삽시간에 불길은 사택으로 번졌고, 신혼살림을 차렸던 부목사님은 책도, 옷도, 살림살이도 다 타버렸습니다.

지금도 목사님의 집과 서재에는 불에 타다 남은 신학서적들이 그대로 책장에 꽂혀 있습니다.

예화2.

어떤 소녀에게 얼굴이 흉칙하고 못생긴 얼굴을 가진 어머니가 있었습니다. 그저 못생긴 정도가 아니라 흉물에 가까운 엄마를 친구들은 '괴물'이라고 놀리기 때문에 이 아이는 그런 엄마가 창피했습니다. 아이들이 따라오면서 '괴물 엄마'라고 놀릴 때마다, 소녀는 속으로 생각했습니다. '우리 엄마는 예쁘지는 못할망정 왜 저렇게 생겼을까?'

차츰 차츰 소녀의 마음속에는 그런 엄마가 미워지기 시작했고, 원망은 저주로, 저주는 아예 "저런 얼굴을 가진 엄마라면 죽어버렸으면 좋겠다."는 나쁜 마음으로 변해갔습니다. 한창 사춘기에 접어들 때, 이 딸은 더욱 예민해졌고 반항적으로 변했습니다.

　그때 이모로부터 이 소녀는 자기가 기억도 하지 못하는 어린 시절의 이야기를 듣습니다. 집에 불이 나서 불길이 걷잡을 수 없는 지경이 되었을 때, 다른 사람들은 모두 구경만하고 있었는데 밖에서 돌아온 엄마는 어린 자식이 아직도 불구덩이에 남아있다는 것을 직감하고, 불길에 달려 들어가서 어린 자기를 안고 나왔다는 이야기였습니다. 그때까지 곱기로 소문났던 어머니의 얼굴이 오늘 같은 흉측한 얼굴로 변하게 된 사연을 난생 처음으로 듣게 되었던 것입니다.

　이 이야기를 듣는 동안 이 소녀는 죄책감과 잘못을 뉘우치며 한바탕 눈물을 쏟았습니다. 생명의 은인이요, 하늘같은 어머니의 사랑에 녹아버린 것입니다. 곱고 예쁜 이모의 얼굴과 엄마의 얼굴이 오버랩 되었습니다. 불구덩이를 헤치고 나온 뒤 엄마는 자기의 그 곱던 시절의 옛날 사진을 모두 태워버렸다는 이야기를 들으면서 소녀는 하염없이 눈물을 흘렸습니다. 그리고 그동안 온갖 오해와 수치를 참고 이겨낸 어머니께 이루 말할 수 없이 미안한 생각과 함께 죄송한 마음이 생겨났던 것입니다.

　딸은 이제 엄마의 흉측한 얼굴에서 모나리자보다 더 은은한

미소와 사랑을 발견하게 되었습니다. 엄마의 얼굴이 가지고 있는 스캔들은 엄마의 큰 사랑의 증거였던 셈입니다. 이 '스캔들'은 소녀를 가장 든든하게 받쳐주는 힘이 되었고 위로가 되었으며, 세상을 헤쳐 나가고 이겨 낼 수 있는 동력이 되었습니다.

소녀는 더 이상 울지 않습니다. 이제는 어머니의 얼굴을 부끄러워하지 않습니다.

복음은 이런 스캔들로 시작 되었습니다

사랑하는 교우 여러분! 복음은 바로 이런 스캔들로 말미암아 시작된 것입니다. 그리고 우리는 바로 이 스캔들 같은 복음으로 말미암아 구원 얻은 사람들입니다. 우리를 구원하기 위해서 수모와 추문을 감내하시는 하나님은 예수 탄생이라는 스캔들을 일으키면서 당신의 아들을 세상에 보내신 것입니다. 그래서 로마서 9장에서 바울은 이렇게 말합니다.

> "내가 그리스도 안에서 참말을 하고 거짓말을 아니하노라. 내게 큰 근심이 있는 것과 마음에 그치지 않는 고통이 있는 것을 내 양심이 성령 안에서 나로 더불어 증거하노니 나의 형제 곧 골육의 친척을 위하여 내 자신이 저주를 받아 그리스도에게서 끊어질지라도 원하는 바라"

이어서 바울은 로마서 9장 33절에서 "기록된 바, 보라, 내가 부딪히는 돌(프로스꼼마)과 거치는 반석(스칸달론)을 시온에 두노니 저를 믿는 자는 부끄러움을 당치 아니하리라 함과 같으니라."라고 하였던 것입니다.

또 이 스캔들을 바울은 빌립보서에서 이렇게 표현합니다.

"그는 근본 하나님의 본체시나 하나님과 동등 됨을 취할 것으로 여기지 아니하시고 오히려 자기를 비어 종의 형체를 가져 사람들과 같이 되었고 사람의 모양으로 나타나셨으매 자기를 낮추시고 죽기까지 복종하셨으니 곧 십자가에 죽으심이라"

하염없이 져 주시는 아버지

가위 · 바위 · 보라는 제목의 짧은 동화가 있습니다. 아들이 아버지에게 내기를 겁니다.

"아빠, 우리 오른 손으로 가위 · 바위 · 보 해서 지는 사람이 피자 사기 하자."

"그래."

"가위 · 바위 · 보!"

아들이 소리칩니다.

"야! 내가 이겼다."

아들은 신이 나서 말합니다.

"아빠, 이번에는 장난감 내기다."

"가위 · 바위 · 보! 야- 또 이겼다!"

아빠는 가위 · 바위 · 보를 할 때마다 지기만 했습니다. 세 번을 해도, 다섯 번을 해도 아빠는 지지만 했던 것입니다. 아빠가 말합니다.

"이젠 그만하고 피자 먹으러 가자."

"우와! 신난다!"

아버지와 아들은 피자를 먹으러 갑니다. 그리고 그 다음에는 다음과 같은 지문이 이어집니다.

"저는 그놈이 무엇을 내는지 알고 있기 때문에 이길 수 없습니다. 제 아들은 일 년 전, 사고로 오른 손가락을 모두 잃어버렸기 때문입니다. 언젠가 철들면, 더 이상 가위 · 바위 · 보를 하지 않으려고 하겠지요? 그런 날이 오지 않았으면 좋겠습니다. 그때는 저의 마음이 퍽 아플 것입니다."

이 동화의 내용을 여러분은 다 이해합니다. 여기에는 두 가지의 교훈이 담겨있습니다. 첫째는, 늘 우리에게 져 주시는 아버지입니다. 우리가 무엇을 내는지 알고 있기 때문에 언제나

이기는 아버지가 아닌, 우리가 무엇을 내는지 알고 있기 때문에 이길 수 없다고 말씀하시는 아버지 말입니다.

둘째는, 마음 아파 하시는 하나님이십니다. 우리 중에 아픔과 상처를 안고 살아가는 분들이 계십니까? 그 상처를 아시고, 그 아픔을 헤아리시며 언젠가 이 녀석이 철들면, 더 이상 가위 · 바위 · 보를 하지 않으려고 하겠지, 그런 날이 안 왔으면 좋겠다고 말하시며 눈물 흘리실 하나님입니다.

그렇습니다!

우리의 상처가 크기 때문에, 그 상처를 다 알고 계시기 때문에 더 가슴 아파하시는 분이 계십니다. 그 분이 바로 우리 아버지 하나님이십니다. 그래서 늘 우리에게 져 주시는 하나님 아버지, 져 주시기 위해서 우리에게 당신의 아들을 보내신 날이 바로 성탄절이고, 성탄의 사건인 것입니다.

바울은 이 하나님의 속성을 설명하기 위해서 이것이 믿는 우리에게는 복음이지만 믿지 않는 당신들에게 스캔들이라고 했던 것입니다. 그리고 우리는 바로 이 하나님의 인간 사랑의 스캔들로 구원받은 사람들입니다. 그 분은 오늘도, 올해도, 온갖 루머와 수치를 무릅 쓰고 우리에게 다가오십니다.

우리가 즐겨 부른 찬송 중에 이런 가사가 있습니다.

"하나님은 외아들을 주시는 데까지
세상사람 사랑하니 참 사랑 아닌가?
하나님은 사랑이라 죄악에 빠졌던
우리까지 사랑하니 참 사랑 아닌가?
이 사랑에 감복하여 곧 주께 나아오라.
곤한 영혼 주께 맡겨 구원을 얻으라…"

우리 모두 러브 스토리(Love Story), 스캔들을 일으키며 찾아오시는 하나님의 사랑에 감사드립시다. 그리고 우리도 모두 용기를 내어 이 사랑을 실천하십시다.

침묵하십시다.

🔟 왜 하필이면 목자들인가?

"내가 주릴 때에 너희가 먹을 것을 주었고 목마를 때에 마시게 하였고
나그네 되었을 때에 영접하였고…"

(마25:35~40)

"그 지경에 목자들이 밖에서 밤새 자기 양떼를 지키더니
주의 사자가 곁에 서고…"

(눅2:8~10)

성탄의 이야기는 언제 듣거나 읽어도 마음이 따뜻해지고 우리의 가슴을 설레게 하는 감동이 있습니다. 해마다 12월이 되면 거리에는 크리스마스 캐롤이 울려 퍼집니다. 고요한 밤 거룩한 밤 찬송을 부르면 아무리 도시화가 되었다 하더라도, 우리 마음속에는 탄일종이 은은하게 울리는 저 깊고 깊은 오막살이도 만들어집니다.

성탄은 긴장하며 각박하게 살아오던 우리의 마음에 여유를 가져다주고 우리의 가슴을 따뜻하게 만들어 줍니다. 우리는 이 성탄을 기다리는 이 계절에 주님의 마음을 생각해 봅니다. 카톨릭 신자이며 장애우 시인인 서정슬 님은 '성탄밤'이라는 시에서 다음과 같이 읊고 있습니다.

> 철문처럼 굳은 문을 두드리다가
> 비단 강보 대신에 구유 안에서
> 울음소리 터뜨리며 나신 예수님
> 하늘 문 여닫는 당신 손길로
> 굳게 닫힌 우리 마음 열어주소서

우리의 어두운 눈이 열리고 우리의 굳게 잠긴 마음의 문이 열리는 계절입니다. 자기의 몸을 낮추셔서 인간이 되어 말구유에 내려오신 하나님을 만나는 계절입니다. 오늘, 대림절 두 번째 주일을 지나면서 우리는 '하나님의 마음'을 생각해 보려고 합니다.

성탄의 소식은 마태복음과 누가복음에 기록되어 있는데, 마태복음에는 유대인의 왕으로 태어나는 아기에게 경배하기 위해서 동방의 박사들이 유대 땅 베들레헴을 찾아오는 이야기가 전해지는 반면에, 누가복음에는 성탄의 소식이 밖에서 양치는 목자들에게 제일 먼저 전해 졌고, 목자들은 천사들이 지시해 준 베들레헴까지 찾아가서 아기와 그 모친 마리아와 요셉에게 경배했다고 전해집니다. 우리가 어릴 때부터 수 없이 많이 들어온 성경의 이야기입니다.

오늘은 여기에 이상한 질문을 하나 던져 보려고 합니다. 왜 하필이면 성탄의 기쁜 소식이 목자들에게 맨 처음 전해졌단 말입니까? 그렇습니다. 왜 하필이면 목자들입니까? 그 많은 직업 가운데, 그 많은 사람들 중에서…, 왜 하필이면 목자들이 그 소식을 맨 처음 접하게 되었습니까?

유대인이 가져서는 안 되는 직업

2000년 전, 유대 사회에서 경건한 유대인이 가져서는 안 될 여섯 가지 직업 가운데 하나가 바로 목자였습니다. 랍비들의 가르침에 의하면, 경건한 유대인이 상종하지 않아야 하는 대표적인 천한 직업들이 바로 짐승을 다루는 직업들이 있었습니다. 그 중에 하나가 '목자'였습니다.

당시에 양떼와 소떼를 돌보는 유목은 팔레스타인 경제의 중요한 부분이었음에도 불구하고, 양치는 목자를 부정하고 인간이하로 취급했습니다. 유대의 랍비들은 목자들을 도적이나 사기꾼으로 분류했습니다. 짐승의 오물을 밟고 다니는 까닭에 목자들은 종교적으로 부정한 사람들이었습니다. 그들의 유목생활은 안정적이지 못했을 뿐만 아니라, 경건한 유대인들이 거룩하게 여기는 안식일을 지킬 수 없었습니다. 그래서 목자들은 부정하고, 부도덕하고, 더러운 사람으로 취급 당하며 외롭게 살아야했습니다. 그래서 그들은 성전이나 회당에 들어가는 것이 허용되지도 않았고, 시민으로서의 권리가 박탈되기도 했습니다.

이런 목자들과 비슷하게 천대받는 직업이 또 하나 있었습니다. 그것도 죽은 짐승을 다루는 '피장이'라는 직업이었습니다. 사도행전 9장에 나오는 베드로가 욥바에서 죽은 다비다(도르가)라고 하는 여제자를 살리고 거기서 여러 날을 지냈는데, 이때 베드로가 머문 집이 시몬이라는 피장이의 집이었습니다. 피장이는 죽은 짐승의 가죽을 벗겨내는 일을 해야 했기 때문에 피장이도 인간으로 취급되지 못했습니다.

2000년 전에, 결혼한 여자가 먼저 이혼을 제기한다는 것은 있을 수 없는 일이었습니다. 그러나 결혼하고 보니 그 남편이 피장이였다고 하면 그 여인은 즉각 이혼을 청구할 수 있었습니다. 이렇게 더러운 직업, 천대받는 직업이 바로 짐승을 다루는 직업들이었습니다.

당시에 목자들의 신분이 오늘 본문에도 잘 나타나고 있습니다. 누가복음 2장 8절에 의하면, 목자들은 밤에도 밖에서 일해야 하는 사람들이었습니다. 목자들은 이렇게 규칙적으로 살 수도 없고 율법을 지킬 수도 없는 사람들이었으므로 가장 소외되고 버려진 사람들이었습니다.

그 중에서도 한 마을이나 동네에 머물면서 양을 치는 목자들이 아닌 떠돌이 목자들은 더욱 천한 사람들이었습니다. 밤에는 서로 다른 사람들의 양떼를 도적질하는 일이 비일비재했기 때문에 목자들은 사기꾼으로 간주되었고 도적들과 같은 무리의 대명사였던 것입니다.

이런 그들에게 천사들은 제일 먼저 성탄의 복된 소식, 큰 기쁨의 좋은 소식을 전해 주었던 것입니다. 이 사실 하나만으로도 성탄은 모든 인류를 가슴에 품는 '하나님의 사랑'을 의미합니다. 소외된 사람을 찾아오신 자애로운 하나님의 마음을 담고 있습니다. 여기 성탄의 놀라운 비밀이 감추어져 있습니다. 성탄은 잘난 사람, 높은 사람, 권력을 가진 사람들의 축제가 아닙니다.

오늘의 목자들은

성경을 보면, 성탄을 기쁘게 준비한 사람들과 성탄을 방해한 사람들로 나누어집니다. 성탄을 기쁨으로 준비한 사람들은 들판에서 밤을 지새운 목자들, 예루살렘 성전에서 머물던 시므온 같은 사람들, 과부된 지 84년 동안이나 홀로 지내며 기도했던 안나와 같은 사람들이었습니다. 반면에 성탄을 싫어하고 방해했던 사람들은 예루살렘과 온 헤롯의 궁궐에 있던 사람들, 헤롯 대왕, 대제사장들, 서기관들이 있었으며, 그리고 헤롯의 군대들도 있었습니다. 이렇듯 성탄은 힘없고 연약한 사람들, 보잘 것 없는 사람들에게 전해진 복음이었습니다.

사랑하는 성도 여러분, 오늘 우리 시대에 목자는 누구입니까? 오늘 우리 사회에서 가장 소외되고 천대받는 사람들은 누구입니까? 오늘 천사들이 우리가 사는 이 한반도에 구세주가 나신다는 큰 기쁨의 좋은 소식을 전한다면, 그 성탄의 메시지를 들을 첫 사람들은 누구이겠습니까?

우리 사회는 지금도 여전히 남북으로, 친미와 반미로 나누어져 있으며 여전히 갈등과 아픔 속에서 살아갑니다. 남북 정상회담과 북미 정상회담 이후 한 동안은 상상할 수도 없었던 놀라운 변화도 있었지만, 비핵화의 문제는 아직도 요원합니다.

앞으로 북미의 분위기는 어떤 기류로 변할지 아무도 예측할 수 없습니다. 여전히 계속되는 노력이 있어야 할 것입니다.

2018년 대한민국의 소외된 목자들은 누구입니까? 실직자들, 이산 가족들, 실향민들, 납북자 가족들, 억울하게 의문사 당한 영혼들과 그 가족들이 바로 그들입니다. "지극히 높은 곳에서는 하나님께 영광이요, 땅에서는 기뻐하심을 입은 사람들 중에 평화로다."라는 성탄의 기쁜 소식이 제일 먼저 전해져야 할 곳은 어디일까요? '땅의 사람들'(오늘의 암하레츠)은 누구입니까? 이 땅에 와 있는 100만이 넘는 외국인 근로자들이 바로 그들이 아닐까요?

저는 얼마 전, 네팔에서 인쇄된 달력을 보았습니다. 우리나라에서 일하다가 부당한 대우를 받고 산업 재해를 당한 사람들이 함께 만든 달력이었습니다. 표지와 1월은 손목이 잘린 사람이 손목 없는 자기 팔뚝을 들고 있는 사진이었습니다. 2월은 발이 잘린 사람의 다리가 컬러로 나와 있습니다. 3월은 얼굴에 온통 화상을 입은 사람의 얼굴 사진이었습니다. 그 사람들은 달력을 볼 때마다, 한국을 증오하고 한국에서 만난 악덕 기업가들과 여기에 대해서 침묵하는 우리 한국 사람들 모두를 생각하며 한 맺힌 가슴을 불태울 것입니다.

우리의 경험 : 독일 광부와 간호사들

얼마 전 일찍이 독일에서 유학 한 분의 이야기를 들었습니다. 이 분은 1967년부터 1973년까지 독일에서 공부하신 분입니다. 우리도 가난하고 못살던 시절, 광부와 간호사들을 '외국인 이주 노동자'라는 이름으로 독일로 보냈었습니다. 그러나 그 때, 자존심 강한 독일 사람들이었지만 얼마나 친절하고 고마웠는지 모른다는 이야기였습니다.

동양의 작은 나라 한국의 간호사들을 인간적인 대접을 해주었고, 언어의 한계에도 불구하고 무시하지 않고 예의를 지켜주었다는 것입니다. 예를 들면, 체온계에만 의존하지 않고 환자의 이마에 손을 얹고 체온을 재고 주사를 놓을 때 엉덩이를 살짝 때리며 주사를 놓는 한국의 간호사들을 친절하고 인간애가 넘치는 '노란 천사들'이라고 불러 주었다고 하셨습니다.

물론 독일 사람들이 꺼리는 결핵병원에서 대부분 일했고 한국에서의 간호사 경력을 완전히 다 인정받지는 못했지만, 오늘, 우리가 외국인 노동자들에게 하는 불합리한 대우는 받지 않았다고 합니다.

그런데 우리는 어떻게 하고 있습니까? 우리는 몰랐던 일이라고 발을 뺄 수 있겠습니까? 이 자리에 있는 저와 여러분도 책임을 회피할 수는 없을 것입니다.

이 땅을 찾아 온 목자들

우리가 복음을 전할 수 있는 가능성과 길이 이미 활짝 열려 있는데, 우리는 얼마나 눈이 어두웠고 어리석었는지 모릅니다. 이슬람이 지배하는 서남아시아와 동남아시아는 선교사를 보낼 수 없습니다. 선교사가 할 수 있는 일이 없습니다. 그러나 여기 바로 지금 이 땅에(here and now) 하나님께서 잠재된 자국의 선교사들을 보내 주셨습니다. 저는 감히 이들 외국인 근로자들이 바로 오늘의 목자들이라고 말씀드리는 것입니다.

목자들이 밤에 밖에서 본 신비한 광경, 주의 사자가 곁에 서고 주의 영광이 두루 비칠 때, 그들은 왜 크게 무서워했을까요? 순진하고 무지한 목자들은 한 번도 그런 영광스런 모습을 보지 못했기 때문입니다. 그들이 메시야의 강림을 예견하거나 알지 못했다는 말입니다. 마치 착하고 순진한 오늘날의 외국인 노동자들과 같이 복음을 알지 못하고 들어보지 못했던 것처럼, 그들도 소외되고 천한 사람들이었기 때문에 율법서와 예언서의 말씀을 알지 못했던 것입니다. 그런데 바로 이들에게 천사가 맨 처음 나타나 구세주의 강림을 알려 주었다는 사실은 놀라운 소식이 아닐 수 없습니다.

사랑하는 교우 여러분, 마태복음 25장은 전체가 '최후의 심판'과 '주님의 재림'을 묘사하는 장입니다. 열 처녀의 비유, 달란트의 비유, 양과 염소의 비유 들이 모두 그렇습니다. 대림절은 오신 주님과 오실 주님을 함께 기다리는 계절입니다. 예수님께서 2000년 전에 오신 이유와 앞으로 재림의 주로 오실 이유가 바로 여기에 있습니다. 누가복음 12장에서는 이렇게 말씀하셨습니다.

"너희 소유를 팔아 구제하여 낡아지지 아니하는 주머니를 만들어라. 곧 하늘에 쌓아 둔 바 다함이 없는 보물이니, 거기는 도적도 가까이 하는 일이 없고, 좀도 먹는 일이 없느니라."

그리고 마태 복음 6장은 "너희 보물이 있는 그곳에 너희의 마음도 있느니라."라는 한 마디를 더 첨가 하셨습니다.

옥스퍼드 대학 출신의 세계적인 생물학자, 리처드 도킨스(Richard Dawkins)는 "이타적인 유전자는 번영한다."는 말을 했습니다. 유전자는 유전자 자체가 가지는 원래적인 성격, 곧, 자기를 유지하려는 목적 때문에 이기적인 행동을 보이지만, 인간 속에는 거룩한 이타적인 유전자가 있고, 이 이타적인 유전자에는 번영이 약속되어 있다는 말입니다.

괴테는 파우스트에서 이렇게 말했습니다.

"인간으로부터 소유의 속성을 완전히 제거할 수는 없을 것이다. 그러나 다만, 존재의 세계를 향하여 끝없이 노력하는 그 사람, 그 사람은 구원을 받을 수 있다."

그렇습니다! 저는 이 말을 이렇게 바꾸어 봅니다.

"오늘, 이 자본주의 사회를 살아가는 우리에게 물질주의를 완전히 배제할 수는 없을 것이다. 그러나 다만 하나님의 정의가 이 땅에 실현되도록 노력하는 사람, 그 사람들은 구원을 얻을 것이다."

제가 아는 분 가운데 존경받는 원로 장로님이 계십니다. 북한에서 피난 오신 분입니다. 북한에 계셨더라면 김일성대학에서 가르치셨을 것입니다. 그런데 남한으로 오셔서 서울대학 교수로 봉직하셨고 은퇴하셨습니다. 후손 가운데 장로들이 여러 분 있으십니다. 믿음으로나 사회적으로나 존경받는 훌륭한 믿음의 가문입니다.

언젠가 장로님으로부터 이런 이야기를 들었습니다. 그 장로님의 가정은 오랜 신앙의 가정이었는데, 그 가문의 믿음의 5대째 선조 할머니는 가난한 사람들을 많이 보살피셨고, 자선을 많이 베푸셨다고 하셨습니다. 그리고 늘 이런 말씀을 하셨다고 합니다.

"가난한 사람들을 돕는 것은 후손들에게(자식들에게) 거름을 주는 것이다."

저는 그 분의 이 말씀이 잊혀지지 않았습니다. 20세기 후반에 옥스퍼드(Oxford)의 생물학자가 발견한 "이타적인 유전자는 번영한다."는 말을 이 할머니는 이미 100년 전에 알고 계셨고 행동으로 옮기셨던 것입니다.

불교적인 용어로 어려운 이웃을 도와주는 것을 적선이라고 말합니다. 그래서 불가에서는 남을 도와주는 것을 공으로 생각하지 않습니다. 남을 도와주는 것은 남에게 도움이 되기 이전에, 자기의 선을 쌓는 것이기에 공이 아니므로 겸손히 조용히 해야 한다고 가르칩니다. 예수님께서도 너는 구제할 때, 오른손이 하는 것을 왼손이 모르게 하라고 하셨습니다. (마6:3-4)

**"너희는 구제할 때에 오른 손이 하는 것을 왼 손이 모르게 하여
네 구제함을 은밀하게 하라. 은밀한 중에 보시는
너의 아버지께서 갚으시리라."** (마6:3~4)

사랑하는 교우 여러분, 우리 주변에 있는 오늘의 목자들을 찾아가서 사랑을 전하고 나누며 기쁜 소식을 전하는 성탄의 계절이 되기 바랍니다.

침묵하십시다.

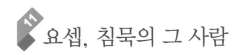

요셉, 침묵의 그 사람

"예수 그리스도의 나심은 이러하니라.
그의 어머니 마리아가 요셉과 약혼하고…"
(마1:18~21, 24~25)

"그들이 떠난 후에 주의 사자가 요셉에게 현몽하여 이르되
헤롯이 아기를 찾아 죽이려 하니 일어나…"
(마2:13~15)

살다보면 "주님, 왜 접니까?, 왜 하필 많고 많은 사람 중에 내게 이런 일이 일어났습니까?" 이런 질문을 던지며 하나님께 불평을 털어놓을 때가 있습니다.

하나님, 왜 접니까?

1967년, 28살의 나이로 미국 유학길에 오른 사람이 있었습니다. 그때는 모두가 가난했던 시절이었지만 그는 특히 가난한 사람이었습니다. 시골에서 태어나 여섯 살때 아버지를 여의고

홀어머니와 누이 이렇게 세 식구가 지독하게 가난하게 살았습니다.

서울서 대학을 다닐 때 굶기를 밥 먹듯 했고 연달아 10끼를 굶었던 적도 있었습니다. 한번은 군대서 나온 건빵을 급하게 먹고 물을 들여 마셨는데 건빵이 뱃속에서 불어서 배가 터질 뻔했던 적도 있었습니다.

이 사람은 지긋지긋한 가난이 싫어서 한국을 떠나 미국으로 갔습니다. 유학시절, 낮에는 공부하고 밤에는 병원 청소부로 일했습니다. 그 병원에서 "청소를 제일 잘한다."는 칭찬을 들으며 열심히 살았습니다. 미국 병원 영안실에서 시신을 옮기는 일을 했는데, 거구의 미국 사람들의 시신을 옮기면서 "많이 울었다."고도 했습니다. 24살 때 총각 집사가 되었고, 36살 때는 장로가 되었습니다.

고생해서 박사학위도 얻고 미국 대학에서 교수가 되어 안정되어 갈 즈음인 37살 때, 하늘이 무너지는 것 같은 소리를 듣습니다. 정밀검사를 받았는데, 의사가 하는 말이 "1년 안에 죽는다."는 것이었습니다. 간이 극도로 나빠져서 회생이 불가능하다는 것이었습니다. 이 의사의 소견을 들은 이 사람의 입에서 나온 첫 마디는 "하나님, 왜 접니까?"라는 절규였습니다.

우리도 엄청난 일을 당할 때, 이렇게 묻습니다.

"왜? 왜? 내게 이런 일이 일어나야 합니까?"

"하나님, 정말 너무하십니다!"

혹시 오늘 이 아침에도 이런 안타까운 하소연을 갖고 이 자리에 나온 분은 계시지 않으십니까?

오늘 본문의 요셉은 바로 이런 마음이었을 것입니다.

"하나님, 어째서 이런 일이 저에게, 저의 약혼녀에게 일어나야 합니까? 이제 저는 어떻게 해야 합니까?"

오늘 우리는 예수님의 아버지가 된 요셉을 생각해 보려고 합니다. 성경에서 요셉은 특별한 주목을 받지 못한 사람이었습니다. 복음서의 여러 곳에 마리아에 대한 언급이 자주 있고 마리아는 종종 등장하지만, 요셉의 이름이나 존재는 미미합니다. 특히 누가복음에서 요셉은 참으로 별 볼 일 없는 사람으로 등장합니다.

사 복음서의 특징

먼저 사 복음서의 특징을 살펴봅시다. 마태복음은 유대인들을 염두에 두고 쓴 복음서입니다. 그래서 유대인들이 좋아하는 표현들과 유대인들에게 익숙한 용어들을 많이 쓰고 있습니다.

예를 들자면, 마태복음은 하늘 나라(The Kingdom of God)을 표현할 때는 '하나님 나라'라고 표현하지 않고, 항상 유대인들이 즐겨 쓰는 The Kingdom of Heaven, 즉, 하늘나라(천국)이라는 표현을 쓰고 있습니다.

유대인들이 전통을 좋아하고 가문의 전통을 중요하게 여기는 습관이 있기 때문에 마태복음 1장 1절은 "아브라함과 다윗의 자손, 예수 그리스도의 세계라…"라는 말로 시작되는 예수님의 족보가 나오고 있습니다. 그리고 마태복음은 예수 그리스도를 왕으로 소개하고 있습니다. 동방박사들은 "유대인의 왕으로 나신 이가 어디 계시뇨?"라고 묻습니다.

그런가 하면 마가복음에는 예수님의 탄생기사가 없습니다. 마가의 관심은 예수 그리스도께서 무엇을 하셨는가에 초점이 맞추어져 있습니다. 그래서 하나님의 종으로 오신 예수 그리스도의 모습을 부각시킵니다.

누가복음은 다릅니다. 누가복음의 저자인 누가는 의사였습니다. 그리고 누가는 바울과 함께 전도여행을 많이 했던 사람으로서 누가복음과 사도행전을 기록했습니다. 그래서 의사인 누가는 예수 그리스도의 모습 속에서 사람의 아들의 모습을 많이 발견합니다. 그래서 누가복음에서는 인자라는 말이 다른 복음서 보다 자주 사용되고, 예수님의 인간적인 모습이 많이 소개되고 있습니다. 화를 내시기도 하셨고, 울기도 하신 예수님! 마치 우리와 같은 인간적인 감정을 드러내시는 장면이 종종 등장합니다. 그리고 누가복음에는 이방인, 가난한 사람, 소외된 사람에 대한 관심과 배려가 어느 성경보다 더 많이 등장하고 있습니다.

마지막으로 요한복음은 예수님을 하나님의 아들로 설명합니다. 요한복음은 초월적인 신성(神性)을 가진 하나님의 아들로서 독수리같이 초월적인 높은 관점에서 바라보는 복음서입니다.

초라한 남자, 요셉

특별히 성탄의 사건을 전해 주는 복음서는 마태복음과 누가복음뿐입니다. 그런데 마태복음과 누가복음에도 분명한 차이가 있습니다. 마태복음에는 마리아에 대한 이야기가 없습니다. 천사는 요셉에게만 나타났고, 요셉이 주의 천사의 지시를 받고 파혼하지 않고 마리아를 아내로 맞아들였으며, 천사는 꿈에 요셉에게 나타나 애굽으로 갈 것을 명했고, 또 요셉에게 나타나 나사렛으로 가라고 말합니다. 그리고 예수님을 경배한 사람들도 동방의 박사들이었습니다.

그러나 누가복음은 정반대입니다. 누가복음에는 요셉의 이야기가 빠져 있고 마리아가 중심입니다. 천사는 마리아의 친족인 엘리사벳에게 나타났고, 아기 예수의 탄생도 요셉이 아닌 마리아에게 먼저 전해집니다.

누가복음에는 요셉이라는 이름이 완전히 빠져 있습니다. 그리고 아기 예수께 제일 먼저 찾아온 사람들도 목자들이었습니다. 당시에 최하층 백성이었던 목자들, 들에서 밤을 새워 양떼를 지키는 목자들에게 성탄의 소식이 제일 먼저 전해졌던 것입니다.

특히 누가복음은 요셉을 초라한 남자로, 별 볼 일 없는 사람으로 소개하고 있습니다. 누가복음 4장에서 예수님께서 구약의 말씀을 자유자재로 인용하여 설교하는 것을 보고 "이 사람이 그 목수의 아들이 아니냐? 이 사람이 요셉의 아들이 아니냐?"(마13:55, 눅4:22)라고 말하며 요셉을 낮추어 보는 대목이 나옵니다.

이런 정황으로 보아 요셉의 사회적 신분이나, 지위가 대수롭지 못하다는 것을 짐작할 수 있습니다. 요셉은 이래저래 초라한 남자, 침묵의 남자였다는 것을 알 수 있습니다.

마음이 깊은 사람, 요셉

그러나 성경은 요셉을 의로운 사람이라고 소개합니다. 요셉과 마리아는 약혼만 하고, 결혼하기 전이었습니다. 유대인의 전통에 의하면 약혼기간 1년은 중요한 기간이었습니다. 이 기간 동안 두 사람은 부부로 인정을 받았고, 신명기에 의하면 약혼한 남자는 군복무까지 면제해 준 것을 알 수 있습니다. 요셉과 마리아는 이런 기간을 보내고 있었습니다. 후파라고 불리는 결혼식만을 남겨두고 있었을 뿐, 남편과 아내라고 불리는 부부 사이였다는 말입니다.

원래 후파는 장막, 즉, 텐트를 말합니다. 창세기 2장에서 "네 부모를 떠나 그 아내와 연합하여 둘이 한 몸이 될지니라."라고 하신 말씀에서 "부모를 떠난다."는 말은 부모의 후파(텐트)에서 떠나 다른 후파(텐트)를 하나 더 만들어 독립한다는 뜻입니다.

바로 이때에 요셉은 도저히 믿어지지 않는 소문을 듣게 됩니다. 18절을 보십시다. 18절은 천사의 메시지가 아닙니다. 소문이었습니다! 자기의 약혼녀가 임신을 했다는 소문!, '마리아의 배가 불러오는 것이 나타났더니…'라는 소식을 접한 요셉의 마음이 어떠했을까요? 이 소문을 들은 요셉은 분명 이렇게 불평하고 따졌을 것이라고 저는 추측합니다.

"하나님 도대체 이게 무슨 말입니까? 왜, 저의 약혼녀에게 이런 일이 일어났단 말입니까?"

그럼에도 불구하고 요셉은 입이 무겁고 생각이 깊은 사람이었습니다. 요셉은 행동으로 말하는 사람이었습니다. 하나님은 이런 사람을 들어서 당신의 도구로, 당신의 파트너로 사용하셨습니다. 요셉은 아내가 될 여인의 부정(不貞)이라고 여겨질 사태 앞에서 매우 사려 깊은 행동을 했습니다. 충격적인 소문을 듣고도 요셉은 조용히 해결하려고 노력했습니다.

요셉의 가장 훌륭하고 큰 덕목은 이 충격적인 사건 앞에서 자기를 우선적으로 생각하지 않았다는 사실입니다. 자기가 속상한 것을 내세우지 않고 자기보다 마리아의 입장을 우선적으로 생각했다는 사실입니다. 요셉은 얼마든지 분노하고 마리아를 비난할 수 있었을 것입니다. 그러나 요셉은 그 방법을 선택하지 않았습니다. 요셉은 다른 사람을 판단하고 정죄하는 대신에 감싸고 포용하는 사람이었습니다.

우리 중에 요셉과 같은 일을 겪는 사람이 계십니까? 인간관계의 문제로 고민하는 분이 계십니까? 너무나 엄청난 일을 당하고 이 일을 어떻게 처리할까 고심하는 분이 계십니까? 이 시간 곰곰이 생각해 보시기 바랍니다. 요셉같이 마리아를 배려하는 마음보다 내 생각과 주장을 너무 앞세우는 것은 아닌지요? 모든 일에 내가 너무 앞서거나 정죄하고 판단하는 말이 앞서면, 일을 그르칠 때가 많습니다.

요셉의 방법을 배우게 되기를 바랍니다. 책임이 다른 사람에게 있습니까? 다른 사람이 밉게 보입니까? 내 마음이 닫혀 있어서 다른 사람을 수용하지 못하는 것은 아닙니까? 내가 중심에 있을 때 섭섭함도, 분노도, 배신감도 생기는 법입니다.

요셉은 가이사 아우구스도의 칙령을 따라 다윗의 후손이었음으로 베들레헴까지 호적을 하러 가야 했습니다. 먼 길을 가야하는 여행에 만삭이 된 마리아를 데리고 함께 떠났습니다. 이 요셉의 행동을 통해서 우리는 요셉이 어떤 사람인지를 알게 됩니다. 요셉은 자기가 없는 동안 배가 불러 해산을 하게 될지 모르는 마리아가 받게 될 부끄러움과 조롱까지도 예상했고, 그래서 그 먼 길을 마리아와 함께 떠났던 것입니다.

외적인 조건은 가이사의 명으로 호구조사를 하게 된 것이 사실이지만, 요셉의 마리아에 대한 우선적인 배려와 요셉의 신중한 행동으로 말미암아 예수님이 미가서의 예언대로 베들레헴에서 태어나시게 되었다는 것을 알게 됩니다. 그렇게 됨으로 이 요셉은 하나님의 동역자가 된 것입니다. 사려 깊은 요셉의 행동에서, 우리는 오히려 침묵으로 행동하는 것이 얼마나 값진 것인가를 배우게 됩니다.

제가 좋아하는 이해인 수녀의 시 중에 이런 시(詩)가 있습니다.

애 많이 안 쓰고도 / 온전히 침묵할 수 있는 /
겨울 나무는 좋겠다.

우리가 말을 하다보면 / 말을 잘못한 사람도 /
잘못 전한 사람도 / 잘못들은 사람도 /
모두가 슬퍼서 울게 된다.

겨울엔 / 한 가지 소원만 / 되풀이 해도 좋으리

가슴 깊은 곳에 / 침묵의 눈꽃을 품게 해 달라고 /
말의 열매는 / 더디 열리게 해 달라고―

침묵(沈默)입니다.

우리는 깊이 생각하고, 상대의 마음을 헤아리기보다 너무 쉽게 남을 판단하고, 정죄하고, 말을 많이 함으로 실수했던 적이 많았던 사람들입니다.

침묵의 사람, 요셉

요셉의 침묵은 무의미하지 않았습니다. 요셉의 침묵은 무게가 있는 침묵이었습니다. 그는 신실한 행동을 통해서 말하고 하나님의 음성을 듣는 사람이었습니다. 요셉은 사람에게 말하기보다는 하나님의 말씀을 듣는 일에 민감했던 것을 알 수 있습니다. 마태복음에서 요셉은 항상 주의 사자의 지시를 받고 행동했던 것을 알 수 있습니다. 이 말은 하늘의 음성에 귀를 기울렸던 사람이라는 말입니다.

경건한 사람, 요셉

또 하나 우리가 중요하게 보아야 하는 것은 요셉의 경건 생활입니다. 요셉은 아기가 태어난 지 8일, 할례 할 날에 모친 마리아와 함께 아기를 데리고 예루살렘 성전을 방문했습니다. 요셉은 가난했던 것을 알 수 있습니다. 보통 사람들은 이 날 두 가지의 예물, 양과 비둘기를 드렸으나, 예수님의 부모인 요셉과 마리아는 산비둘기 한 쌍, 두 마리를 드렸던 것을 보아서 그들의 경제적인 사정을 짐작할 수 있습니다.

우리는 오늘 대림절 세 번째 주일이자 인권 주일인 성서 주일을 지키고 있습니다. 우리는 오늘 인간적인 존엄성을 생각하고, 버리면 돌에 맞아 죽을 수도 있는 마리아를 보호하기로 결단한 요셉의 행동하는 신앙을 기억해야 할 것입니다.

이 요셉의 결단은 하마터면 치욕으로 살아갈 뻔한 마리아를 구원한 사건이 되었으며, 하나님의 아들을 사생아로 만들 뻔한 일을 막아 하나님의 동역자가 되는 축복을 누린 사건이 된 것입니다. 오늘 우리 주변에 이 요셉의 정신이 망각되고, 이 요셉의 가치관이 어리석은 것으로 버려지는 현실을 보면서 우리는 다시 한번 잠자는 한국 교회를 깨워야 하는 것입니다.

요셉, 그는 우리가 본 받아야 할 의로운 사람, 마음이 깊고 입이 무거웠던 침묵의 사람이었습니다. 그를 통하여 하나님의 깊고 오묘한 뜻이 이 땅에 이루어졌습니다.

침묵하십시다.

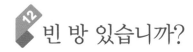# 빈 방 있습니까?

"헤롯 왕과 온 예루살렘이 듣고 소동한지라
왕이 모든 대제사장과 백성의 서기관들을 모아
그리스도가 어디서 나겠느냐 물으니…"

(마2:3~8)

"그 때에 가이사 아우스도가 영을 내려 천하로 다 호적하라 하였으니
이 호적은 구레뇨가 수리아 총독이 되었을 때에 처음 한 것이라…"

(눅2:1~7)

오늘은 성탄 주일입니다. 성탄을 기다리는 우리의 마음속에 하늘의 평화와 기쁨이 넘치시기를 빕니다. 우리는 지금 올해의 마지막을 향해 다가갑니다. 언제나 그렇듯이 지나온 날들을 되돌아보면 참으로 많은 일들이 있었습니다. 올해도 다사다난한 해였습니다, 그러나 우리가 살아가는 삶들을 우리는 다 알 수가 없습니다.

전도서의 말씀을 보면, "하나님께서는 사람들에게 과거와 미래를 생각하는 감각을 주셨다. 그러나 사람은 하나님이 하시는 일을 처음부터 끝까지 다 깨닫지는 못하게 하셨다."(3:11, 표새) 라고 되어 있습니다.

하나님의 계획을 우리의 머리로 다 헤아릴 수 없기에 우리는 다만 기도하는 수밖에 없습니다. 이것이 한 해의 마지막을 보내는 우리의 고백이요, 인생의 지혜라고 생각됩니다. 올해도 어김없이 아기 예수님이 오시는 성탄은 우리 곁으로 다가왔습니다. 오늘 대림절 네 번째 주일, 성탄 주일을 맞이하여 크리스마스가 우리에게 가져다주는 깊은 감동을 느껴보고 싶습니다.

탄생의 배경

로마의 황제 아우구스투스는 전쟁을 종식시켜 삼두정치를 끝낸 로마제국의 첫 번째 황제였습니다. 그는 이미 그때에 우편제도를 만들었으며 로마법을 제정한 뛰어난 황제였습니다. 그는 칙령을 내려 로마가 다스리는 온 세계에 사는 사람들에게 호적을 하게 했습니다. 누가복음에는 예수님이 태어난 때를 알려주는 역사적인 사건과 통치자에 대해서 두 가지를 언급하고 있습니다.

첫째는 아우구스투스가 로마의 황제로 있을 때 그가 한 인구 조사였습니다. 호적 인구조사는 세금 징수와 군대 징집을 위한 것이었고, 당시 로마에서는 매 14년마다 한 차례씩 인구조사를 실시하였다고 합니다. 그리고 또 하나는 그 당시 통치자는 구레뇨였으며 그가 시리아의 총독이었다는 사실입니다.

그러나 성서학자들에게는 여기에 제시된 두 사건 때문에 오히려 연대를 알아내는 일이 복잡해졌고 성서를 해석하기가 어려워졌다고 합니다. 그럼에도 불구하고 누가복음의 기자가 이 사실을 기록함으로써 우리에게 가르쳐 주고자 하는 것이 있습니다. 그것이 무엇입니까? 왜 구태여 우리를 복잡하게 만들면서까지 우리에게 말하려고 하는 것이 무엇입니까?

첫째, 예수님의 탄생이 유대인들이 기다리는 자기 민족의 메시야로 끝나는 것이 아니라 예수님의 탄생을 당시 로마라는 초강대국의 역사와 연결시킴으로, 예수님의 탄생이 하나님의 구원 계획과 언약의 완성이라는 사실을 강조하고 있습니다.

둘째, 세계를 다스리고 있는 로마인들까지도, 그리고 로마의 황제까지도 하나님의 뜻을 이루는데 사용된 하나의 도구였다는 사실을 보여 주려는 것이었습니다. 기원전 30년부터 주후 14년까지 실로 44년을 통치한 로마 황제, 아우구스투스는 역사를 만들어 가는 살아 있는 신으로 추앙을 받는 사람이었습니다.

그러나 아우구스투스도 AD14년, 76세의 나이로 죽어 역사에서 사라졌지만 아우구스투스의 명령에 의해서 유대 땅 베들레헴에서 태어나야만 했던 예수님은 하나님의 뜻을 이루는 새 역사의 창조자라는 사실을 담고 있습니다. 그래서 역사는 44년 동안이나 로마를 통치한 강력한 황제, 아우구스투스에 의해서 만들어지는 것이 아니라, 하나님의 뜻에 따라서 이루어진다는 것을 가르쳐 주고 강조하려는 것이었습니다.

역사가 클레어부스 루스는 말했습니다. 우리 한 사람 한 사람의 인생은 결국 단 하나의 문장으로 요약될 것입니다. 한 사람이 일생 동안 많은 일을 하는 것처럼 보여지지만, 결국 나중에 보면 우리 모든 인간들의 인생은 단 한 마디의 말로 정리됩니다.

예를 들면, 헤롯은 폭군입니다. 아우구스투스는 예수님 태어나실 때 호적을 하게 한 로마의 황제입니다. 가룟 유다는 배반자입니다. 구레뇨는 시리아의 총독이었습니다. 여러분과 저는 어떻게 기억될 인생을 살아가고 있습니까?

성탄을 준비하지 못한 세 사람

오늘 예수님이 이 땅에 오신다면 어디로 오실까요? 오늘도 예수님이 오시는 이 성탄절에는 여관마다, 호텔마다 빈 방이 없습니다. 타락한 성탄의 문화는 백화점에서부터 시작되어 호텔에서 끝이 납니다. 우리가 타락한 성탄(Christmas)을 구출해야 합니다. 세속화되고 상업화된 성탄의 문화를 구속해야 할 사명이 우리에게 주어졌습니다.

우리가 사는 생활공간은 넓어 졌습니다. 우리가 사는 집도, 우리가 타는 자동차도 더 크고 넓어졌습니다. 가족의 수는 줄어도 아파트의 평수는 넓어졌습니다. 우리는 일본 사람들보다 넓은 집에서 살고 미국 사람들보다 화려하고 비싼 물건을 쓰면서 살아갑니다. 영국이나 미국 사람들보다 더 큰 차를 타고 다닙니다. 그러나 우리의 마음은 더 좁고 좀스럽습니다.

"빈 방 있습니까?"

이 물음은 우리의 마음이 성탄을 맞이할 준비가 되었느냐?는 물음입니다. 성탄을 전해주는 마태와 누가복음의 본문에는 예수님의 탄생을 준비한 사람과 예수님의 탄생을 준비하지 못한 사람으로 나누어집니다. 오늘은 예수님의 탄생을 준비하지 못한 세 사람을 본문에서 찾아보려고 합니다.

첫 번째 사람은 헤롯입니다

그는 빈 방을 준비하기는커녕, 성탄의 살육으로, 피로 보답한 사람이 있었습니다. 그는 메시야가 유대 땅 베들레헴에 태어날 것을 들었습니다. 마태복음 본문, 7절에 "이에 헤롯이 가만히 박사들을 불러 별이 나타난 때를 자세히 묻고, 베들레헴으로 보내며 이르되 가서 아기에 대하여 자세히 알아보고 찾거든 내게 고하여 나도 가서 그에게 경배하게 하라."라고 나와있습니다.

그러나 그에게는 딴 생각이 있었습니다. 헤롯은 자기의 기득권을 포기하지 못했기 때문에, 그리고 이기심 때문에 빈 방을 준비하지 못했습니다.

마태복음 2장 3절은 헤롯과 온 예루살렘에 소동이 일어난 것을 전하고 있습니다. 왜 그랬습니까? 이두매 출신인 헤롯은 항상 열등감을 가지고 있었습니다. 이스라엘을 다스릴 왕은 다윗의 왕가에서 정통 유대인의 혈통을 타고 나야한다는 것을 알고 있었습니다. 그러나 자기는 에돔 사람, 이스라엘이 아닌 에서의 후손이었습니다.

그래서 그는 항상 불안했습니다. 자기의 왕좌를 노리는 사람은 그냥 둘 수가 없었습니다. 자기의 아들이라 하더라도, 아내라고 하더라도, 자기의 통치권에 도전이 될 사람은 누구나 죽였습니다. 10명의 아내 중에 적어도 2명을 죽였고, 처남과 처조부모를 죽였습니다. 심지어는 자기의 아들도 2명이나 죽였습니다.

주어진 기득권을 버리지 못하는 사람, 이기심을 버리지 못하는 사람은 누구나 빈 방을 준비하지 못합니다. 우리 중에 오래동안 신앙생활을 했으면서도, 너무 열심히 예수를 믿으면 손해볼지 모른다는 생각을 하는 사람이 있습니다. 교회는 일주일에 한번만 가면 되지 매일 가는 것은 시간낭비, 물질낭비라고 생각하는 사람이 있습니까? 내가 가지고 있는 것을 이 성탄절에는 조용히 내려놓을 수 있어야 합니다. 그것이 시간이든, 권력이든, 돈이든, 지식이든, 아니면 명예이든, 그 어떤 것일지라도 말입니다.

두 형제가 나란히 길을 가다가 금 덩어리를 발견했습니다. 길에서 만난 횡재에 두 형제는 신나서 두 덩어리로 만들어 한 덩어리씩 나누어 가졌습니다. 한참 길을 가다가 강을 만났는데, 갑자기 형이 그 금 덩어리를 강물 속에 던져 버립니다. 동생이 물었습니다.

"형! 왜 금 덩어리를 강물에 던져?"

형이 대답했습니다.

"난 저 금 덩어리를 가지고 부터 마음이 불편했어. 한번도 네가 없었더라면… 이라고 생각했던 적이 없었는데, 저 금 덩어리를 만나고부터 동생이 없었더라면 난 혼자 다 가지는데… 하는 마음이 생기지 않았겠니?"

동생도 강물에 금 덩어리 반쪽을 던져 버렸습니다.

"형! 사실… 나도… 그래… "

두 형제는 금 덩어리보다 형제의 우애가 더 중요하다는 것을 알았음으로 욕심을 극복할 수 있었습니다.

헤롯은 욕심 때문에, 열등의식 때문에 기득권을 놓지 못했음으로 '빈 방을 준비하지 못한 사람'입니다.

두 번째는 대제사장들과 서기관들입니다

그들에게 지식은 있었으나, 그 지식은 삶과 분리된 지식이었습니다. 종교적인 지식은 사람을 구원하지 못합니다. 헤롯이 박사들의 질문을 받고, 즉각 대제사장과 서기관을 불러서 유대인의 왕으로 오실 이가 어디서 나겠느뇨? 물었습니다. 그들은 "유대 베들레헴이오니…이는 선지자로 기록된 바… "곧 바로 미가서 5장의 말씀이 그들의 입에서 술술 쏟아져 나왔습니다.

그러나 이 유창한 종교적인 지식이 대제사장들과 서기관들을 아기 예수님께 나아오도록 하는데 아무런 도움이 되지 못했습니다. 그들의 지식은 메시야를 위하여 빈 방을 마련하는데 아무런 공이 되지 못했다는 말입니다. 한국 교회는 성경 공부를 많이 하는 교회로 소문나 있습니다. 그런데 그 성경지식이 빈 방을 준비하는데 아무런 도움이 되지 않는다면, 그 성경공부는 필요가 없는 성경공부요, 사치요, 지식의 유희입니다.

세 번째는 여관 주인입니다

그는 일상생활에 바빠서 아기 예수님을 모실 수 있는 기회를 놓친 사람입니다. 자기 집 문 앞까지 찾아온 구세주를 알아보지 못했습니다. 헤롯이나, 대 제사장, 서기관들보다 더 가까이 바로 자기 앞에 구세주가 찾아 오셨으나, 여관집 주인은 바빠서 경황이 없다는 핑계로 그를 알아보지도 못했고 모시지도 못했습니다. 계시록을 배경으로 한 홀만 헌트의 작품, 생명의 빛과 마찬가지로 우리를 찾아오신 주님을 향해서 문을 열어 드리면, 주님은 내 속에 와서 나와 함께 하시겠다고 말씀하셨습니다. 아무리 바쁘더라도 우리를 향하여 오시는 주님을 위하여 '빈 방을 마련할 수 있는 우리' 모두가 되기를 바랍니다.

빈 방 있습니까?

'빈 방 있습니까?'라는 연극이 있습니다.

"빈 방 있습니까?"

이 대사는 캐나다의 몬트리올에 있는 한 크리스천 초등학교에서 실제로 있었던 연극의 대사였습니다.

크리스마스가 다가오는 12월, 학교에서 있을 발표회를 준비하고 있었습니다. 그 학교 4학년인 랄프는 연극에 참여하고 싶었는데, 지진아라는 이유로 출연하기가 어려웠습니다. 심한 선천적인 언어 장애까지 있어서 한번도 연극에 출연하지 못했었습니다. 선생님은 어떻게 해서라도 이번 연극에 랄프를 끼워주고 싶어하셨습니다. 랄프에게 용기를 주고 싶어서 배역을 하나 맡기기로 했습니다.

선생님은 한참 고민을 하다가 랄프에게 맡길 배역을 결정했습니다. 그것은 액션도 별로 없고 대사도 많지 않은 여관집 주인 역이었습니다. 마리아와 요셉이 베들레헴에 와 문을 두드리면 나가서 한 마디만 하면 되는 역할이었습니다. 그 한 마디, "방이 없어요!"라는 대사를 3번만 반복하면 되는 것이었습니다. 연습에 연습을 거듭해서 드디어 발표회 날이 되었습니다.

연극은 시작되었고, 모든 관객과 배우들은 숨을 죽이고, 베들레헴에서 여관을 찾는 마리아와 요셉을 주목하고 있었습니다. 만삭이 된 마리아는 고통스러워하고 있었습니다. 마리아를 부축하며 요셉이 다급하게 여관 문을 두드립니다. 랄프는 연습한대로 나와서 잘 했습니다.

"방이 없어요."

그러나 요셉은 한번 더 부탁합니다.

"큰 일 났습니다. 제 아내가 곧 해산할 것 같은데…"

랄프가 다시 한번 또박 또박 맡은 배역을 소화해 냈습니다.

"그래도 방이 없어요!"

이제 한번만 더 해 주면 성공입니다.

"이렇게 사정합니다. 이 추운 겨울에 어디로 가란 말입니까? 거기에다 밤이 깊었습니다. 저희에게 방을 하나만 주십시오."

그때 마리아는 진통을 느껴 참으며 신음합니다. 이 모습을 보던 랄프는 마리아를 보더니 갑자기 눈물을 글썽입니다. 그리고는 큰 소리로 요셉에게 말합니다.

"정… 그러시면, 제 방으로 오세요."

대사에도 없는 이 한 마디로 연극은 엉망이 되고 말았습니다. 출연자들은 처음에는 킬킬거리고 웃다가 차츰 모두 숙연해졌고, 우는 사람도 있었습니다. 그 날 거기에 있었던 학부모들, 관객들은 이전에 느껴보지 못한 감동을 받습니다.

해마다 12월이 되면 대학로가 있는 동숭동에 꼭 같은 연극이 무대에 올려졌는데, 올해로 그 햇수가 38년이 되었습니다. 그 연극의 제목이 바로 오늘 설교의 제목과 같습니다. '빈 방 있습니까?'로 캐나다 몬트리올의 한 초등학교에서 있었던 그 일을 각색해서 무대에 올렸습니다. 물론 해마다 12월 초순부터 이듬해 1월 5일~6일까지 한 달간 공연되어 왔습니다.

그 연극에서 랄프 역은 박덕구라는 우리 이름으로 바뀌었습니다. 덕구라는 지진아의 역을 맡은 배우는 이 극단의 대표입니다. 극단 '증언'의 대표인 박재련 님은 38년 동안 계속 덕구 역을 맡아왔습니다. 그리고 이분은 오랫동안 고등학교 교장 선생으로 현직에 계셨던 분입니다. 연극 내내 정신지체 장애자의 역을 얼마나 잘 소화해 내는지 관객으로 하여금 끝없는 웃음을 자아내게 하다가 마지막에는 예수님을 잉태한 마리아를 보고는 눈을 껌벅껌벅 거리다가 "빈…방 없어요. 그런데… 빈 방이 있는데… 내 방에라도… 들어 오세요."라고 말하는 덕구를 보면서 모든 관객은 눈물을 흘리게 되는 것입니다. 연극은 끝나고 덕구는 혼자 중얼거립니다.

"하나님, 난 애(예)수님이 우리 집, 아니 내 방에서 태어났으면 좋겠다고 생각했어요. 생각해 보세요, 그러면 얼마나 좋아요, 난 애…애(예)수님이 좋아요!"

왜 건강한 관객들은 이 바보의 독백에 눈물을 흘리는지… 그리고 왜 이 연극이 38년 동안 그렇게 우리에게 사랑을 받는지, 그 이유를 알 것 같습니다.

사랑하는 여러분,

우리 마음속에 오늘, 이 작은 방 하나를 마련하여 주님을 모시는 영광을 누리게 되시기를 바랍니다.

침묵하십시다.

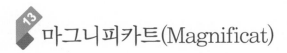

마그니피카트(Magnificat)

"주 여호와의 영이 내게 내리셨으니 이는 여호와께서
내게 기름을 부으사 가난한 자에게
아름다운 소식을 전하게 하려 하심이라…"
(사61:1~3)

"마리아가 이르되 내 영혼이 주를 찬양하며…"
(눅1:46~55)

성탄절의 주인공은 누구인가?

성탄절의 주인공은 분명히 아기 예수님인데 우리는 예수님 없는 성탄절을 지낼 때가 참 많았습니다. 사실 성탄은 크리스천들뿐만 아니라 기독교 신앙을 가지지 않은 사람들까지도 축하하고 기쁨을 나누는 '모든 인류의 축제'가 되었습니다. 또 성탄은 어린이들만 좋아하는 축제가 아니라 어른들까지도 들뜨게 하는 절기입니다. 그래서 크리스마스는 어른들을 동심으로 돌아가게 하는 신비한 힘이 있습니다. 성탄을 준비하는 '대림주일'에 우리는 주님을 기다리는 촛불을 켜 나갑니다.

마그니피카트!

오늘 우리가 읽은 본문은 개신 교회에서는 '마그니피카트'라고 부르는 마리아의 찬가입니다. 가톨릭 교회에서는 성모송가(聖母頌歌)라고 부르는 누가복음 유아설화에 포함된 세 편의 성시(聖詩)가운데 첫 번째 시입니다.

이 '마리아의 찬가'는 내용과 형식에 있어서 우리가 오늘 예배 중에 교독한 사무엘 상 2장의 '한나의 노래'와 비슷합니다. 이것을 통해서 우리가 알 수 있는 것은 유대인들이 종교교육을 어떻게 시켰는가? 하는 점입니다.

마리아는 어릴 때부터 구약의 율법서와 예언서, 역사서를 배웠고 암송했을 것으로 짐작합니다. 가브리엘 천사로부터 수태고지(受胎告知)를 받은 마리아는 "어떻게 그런 일이 내게 있을 수 있느냐? 나는 사내를 알지 못한다."라고 했습니다. 그러나 계속해서 전해 주는 천사 가브리엘의 메시지에 마리아는 마침내 "주의 계집종이오니 말씀대로 내게 이루어지이다." 라고 하며 순종합니다. 그리고 이때 마리아의 입에서는 일찍이 듣고,

배우고, 암송했던 익숙한 성경구절들이 입술에서 흘러나온 것입니다.

이 마리아의 찬가는 앞으로 전개될 예수님의 생애를 예고해 줍니다. 오랜 교회의 전통 가운데 동방교회에서는 이 마그니피카트, 마리아의 찬가를 매일 아침 기도회 때에 꼭 부르도록 했고, 성(聖) 베네딕투스 수도회에서는 저녁 기도회에서 이 마리아의 찬가를 불렀습니다. 그러므로 초대로부터 중세를 거쳐 현대에 이르기까지, 동방 교회와 서방 교회의 전통은 적어도 하루에 한 차례 이상 이 성모송가(聖母頌歌), 즉, 마그니피카트를 불러왔던 것입니다.

우리가 이 마리아의 찬가를 대할 때 가장 먼저 생각하게 되는 것은 이 노래를 부른 주인공, 마리아입니다. 그리고 오늘 이 고백으로 말미암아 기구한 운명을 겪게 될 한 여인입니다.

스위스의 개혁교회 목사이자 신정통주의 신학자인 칼 바르트(K. Barth)는 마리아를 이렇게 평가하며 칭송하였습니다.

"마리아는 우리처럼 흠이 많은 죄인 가운데 한 사람이었지만 영원한 하나님을 수용한 은혜 입은 여인이다."라고 말했습니다.

손익을 따지지 않는 헌신과 수고

'마리아의 찬가'를 통해서 마리아가 우리에게 가르쳐 주는 성탄절의 교훈은 첫째, 손익을 따지지 않는 헌신과 순종입니다. 이제 앞으로 내 장래는 어떻게 될 것인지? 정혼한 남편 요셉은 이 사실을 어떻게 받아줄 것인지?에 마리아는 의문을 품지 않았습니다.

당시의 풍습으로는 여자가 의문의 임신을 했을 때 상대방 남자를 밝히지 못하면 창녀로 취급받아 돌에 맞아 죽어야 했습니다. 정혼한 요셉으로부터 파혼 당하는 것은 물론이요, 목숨까지 담보 한 수용이었습니다. 이 일 이후부터 전개될 가혹하리만큼 고통스런 운명을 살아간 한 여인의 모습을 우리는 보게 됩니다. 아들이 죽어 가는, 그것도 십자가에 달려 죽어 가는 아들을 바라 보아야하는 어머니의 마음을 누가 헤아릴 수 있겠습니까? 아들의 사체를 가슴에 안고 비통해하는 성모의 조각, 피에타에서 우리는 고통·엄숙·체념의 분위기를 읽을 수 있습니다.

이런 운명을 살아가야 할 한 여인이 자기의 앞날을 알지 못한 채 이렇게 고백합니다.

"내 마음이 주님을 찬양하며 내 영혼이 내 구주 하나님을 높

임은 주께서 이 여종의 비천함을 돌보셨기 때문입니다."

오늘도 이런 희생과 손익을 따지지 않고 따르는 사람들을 통해서 하나님의 뜻은 이 땅에 펼쳐지는 것입니다.

예화 1

한국인 부부는 미국으로 유학을 가서 학위를 마치고 미국의 주립대학 교수가 되었습니다. 이민자의 생활 중 자기들이 낳은 두 아들을 대학으로 보내고, 아들들이 집을 떠났을 때, 한국에서 한 어린 딸을 입양하였습니다.

만 12살이 되면 "자기를 입양했다."는 이야기를 해 주어야 한다는 입양 기관과의 약속 때문에 그 이야기를 딸에게 해 주었더니 딸이 그 후부터 방황하기 시작하였고, 그로 인하여 부부는 너무나 어렵고 힘든 시간을 보내게 됩니다. 딸이 "왜 친부모가 자기 같이 예쁘고 똑똑한 딸을 버렸냐고?" 묻는데 대답을 해 줄 길이 없었습니다.

저를 만난 교수인 아버지는 "자기가 좋은 부모와 좋은 믿음의 가정을 만났기 때문에 이렇게 자랐다는 것은 전혀 생각하지 못 한다."고 하면서 "오늘의 자기가 이렇게 예쁘고 건강하게 자라난 배후에 있는 사랑과 헌신과 감추어진 희생은 전혀 알지도 못하고, 알려고도 하지 않는 것이 우리 인간의 한계입니다."
라고 푸념하였습니다.

예화 2

한국전쟁에 참전한 군목의 가정에 입양된 딸이 있었습니다. 어느 날 딸은 "왜 자기가 여기에 왔는지?"를 묻습니다. 딸은 계속해서 "왜 나를 낳아준 부모는 나를 버렸단 말인가? 왜 나는 한국인이면서 미국인으로 살아야하는가?"를 곱씹으며 수많은 밤을 지새웠고 원망과 불평 속에 자기의 운명을 저주하며 하루하루를 살아갔습니다.

이 고통을 곁에서 안타깝게 지켜보던 양부모는 마침내 딸에게 입양하게 된 상황을 자세히 들려주었습니다. 압록강까지 올라갔던 미군이 중공군의 개입으로 후퇴 할 때, 철수하던 미군은 갓난아이의 울음소리를 듣습니다. 차를 멈추고 그 소리가 나는 곳을 찾아가 보았더니 다리 밑에 한 여인이 방금 낳은 아이를 안고 있었습니다. 날씨는 추운데 기저귀도 없이 엄마는 자기가 입고 있던 옷을 하나 하나 벗어 아기를 싸고 또 싸서 겹겹이 싸고…, 마침내는 맨살이 되어 얼어 죽어있었던 것입니다.

미군은 이 아기를 안고 죽은 여인을 대충 묻어 주고 이 아이를 부대의 군목에게 보냈던 것입니다. 이 이야기를 들은 딸이 대학을 졸업하고 한국을 방문했습니다.

마침내 양부모와 함께 한국을 찾은 이 딸은 자기를 낳아준 어머니, 자기를 안고 죽었던 어머니의 무덤을 찾습니다. 그때는 마침 추운 겨울이었습니다. 눈이 오는 날, 이 딸은 자기가 입고 있던 옷을 하나하나 벗어 눈 덮인 어머니의 무덤을 덮습니다. 그러면서 이렇게 말합니다.

"한국엄마(Korean Mammy), 나를 낳아주던 날도, 그 날도 이렇게 추웠어?"

딸도 울고 옆에서 지켜보던 양부모도 울었습니다.

사회 구원과 인간 구원을 완성하라

'마리아의 찬가'를 통하여 우리가 배우는 두 번째 교훈은 사회적 구원과 인간 구원을 완성하라는 교훈입니다. 마리아의 찬가는 크게 두 부분으로 나눌 수 있습니다. 앞부분은 하나님께 드리는 찬양과 감사이고, 후반부는 하나님께서 행하실 일에 대한 기대와 소망입니다.

오늘날 남한은 평등과 분배라는 문제로, 북한은 인권이라는 이슈가 화두가 되고 있습니다. 크리스마스의 메시지는 자유 없는 평등은 참 평등이 아니며, 평등 없는 자유 또한 자유가 아니라고 말합니다.

이것을 다르게 표현하자면, 성탄의 참 의미는 공산주의가 표방하는 배고픈 평등도 자본주의가 지향하는 불균등한 자유도 정답이 아니라는 말입니다. 성탄의 메시지에는 양반과 상놈 즉, 반상(班常)의 구분이 없습니다. 성경적인 표현으로는 유대인이나 헬라인이나 종이나 자주자나 남자나 여자나 구분 없이 모두 다 그리스도 예수 안에서 하나인 세계입니다.(갈3:28)

오늘 본문의 누가복음 50절과 51절을 분명히 기억해야합니다. 하나님의 긍휼하심이 두려워하는 자에게 대대로 미칠 것입니다. 그리고 마음의 생각이 교만한 자들을 흩으실 것입니다.

우리는 여기서 다시 기억해야 합니다. 권세 있는 자나 부자는 무조건 악하고 비천한 자나 주린 자는 무조건 선한 것도 아니라는 사실을 말입니다. 하나님의 긍휼하심을 두려워하는 자에게 (그가 부자든, 가난한 자든) 하나님의 자비가 대대에 미칠 것입니다. 물론 권세 있는 자들이나 부자들은 교만해지기 쉽습니다. 그리고 교만함 때문에 하나님의 뜻을 져 버리기가 쉽습니다.

그러나 권세 있는 자들이 겸손함을 갖춘다면 하나님의 긍휼에서 멀어지지 않을 것입니다. 그러나 반면에 비천한 자, 주린 자들은 자기들의 비천함 때문에 오히려 하나님을 의지하게 되고, 하나님만 바라보게 됩니다.

그러나 반면에 비천한 자가 오만 방자하여 하나님의 은혜를 망각하고 부정직하다면, 하나님은 그들을 흩으시고 내리치실 것입니다.

이렇게 볼 때, 인간 세상의 불균등과 부정직, 불의와 불평등한 모든 인간관계에 대하여 성탄은 "정지!"를 의미하며 모든 인간의 구원과 세상을 향한 구원의 완성을 이루라고 명령합니다.

뿐만 아니라, 마리아의 찬가는 첫 번째 읽은 본문인 이사야서 61장의 구원의 기쁜 소식(메시야의 사역) 곧, 예수님께서 나사렛 회당에서 메시야 취임연설 때에 인용하신 말씀과도 일맥상통합니다. 이 말씀은 또한 마태복음 5장의 산상보훈과도, 그리고 마태복음 25장의 최후의 심판과도 연결되어 있는 말씀입니다.

이렇게 볼 때, 마리아 찬가는 예수님의 탄생과 그 이전, 메시야 도래의 예언에서부터 최후의 심판에 이르기까지 통하는 모든 내용을 담고 있는 것입니다.

겸손을 배워라

'마리아의 찬가'를 통하여 우리에게 주시는 성탄의 또 하나의 메시지는 겸손입니다.

51절에서는 능하신 이가 팔로 힘을 보이사 마음의 생각이 교만한 자들을 흩으신다고 하셨습니다. 교만은 하나님이 싫어하시는 것입니다. 마음이 교만한 자를 여호와께서 미워하신다(16:5)고 성경은 말합니다.

그러면 이 교만을 이기는 방법은 무엇입니까? 같은 잠언은 이렇게 말합니다. 사람의 마음의 교만은 멸망의 선봉이요, 겸손은 존귀의 앞잡이니라.(18:12) 인간의 교만이라는 바이러스(virus)는 겸손이라는 백신(vaccine)으로만 깨끗이 나을 수 있습니다.

오늘부터 시작되는 대림절 4 주간 동안, 우리는 마리아의 자기 봉헌, 즉, 어떤 손해를 감수하고서라도 주님의 도구로 쓰임을 받겠다는 그 순종을 배워야 합니다.

"희생 없이는 구원사건이 있을 수 없습니다."

침묵하십시다.

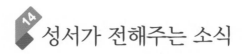

성서가 전해주는 소식

"내가 복음을 부끄러워하지 아니하노니
이 복음은 모든 믿는 자에게 구원을 주시는
하나님의 능력이 됨이라…"
(롬1:16~17)

"또 어려서부터 성경을 알았나니 성경은 능히 너로 하여금
그리스도 예수 안에 있는 믿음으로 말미암아
구원에 이르는 지혜가 있게 하느니라…"
(딤후3:15~17)

"우리 중에 이루어진 사실에 대하여
처음부터 목격자와 말씀의 일꾼 된 자들이 전하여 준 그대로
내력을 저술하려고 붓을 든 사람이 많은지라…"
(눅1:1~4)

성서 고고학자들에게 1947년은 잊을 수 없는 해 입니다. 왜냐하면 그 해는 사해 사본이 발견된 기념비적인 해이기 때문입니다.

사해 사본을 통해서 본 성경의 권위

성지를 다녀오신 분들은 누구나 쿰란(Qumran) 동굴에서 발견된 사해사본과 그 사본이 담겨져 있던 항아리를 보셨을 것입니다. 지금까지 원형이 그대로 보존되어 있는 성서의 원본은 하나도 없습니다. 사해 사본이 발견되기 전에, 우리 인류가 가지고 있던 가장 오래된 구약의 단편은 십계명이 기록된 기원전 2세기에서 1세기의 것으로 추정되는 나쉬 파피루스(Nash Papyrus)였습니다.

1947년까지 우리가 가지고 있던 가장 오래된 성경은 히브리어 마소라 텍스트였는데, 이것은 주후 895년에 만들어진 것이었습니다. 그러니까 사해사본의 발견은 적어도 성서 고고학의 역사를 1,000년 이상 앞당긴 사건이었습니다. 그런데 놀라운 사실은 이 쿰란 사본과 1,000년의 세월의 차이가 있는 마소라 텍스트의 내용이 너무나 정확하게 일치하고 있다는 것이었습니다.

성경이 기록되기까지

오늘 복음서 본문은 누가복음 제일 첫 장, 첫 절부터 시작됩니다. 본문을 보면, 바울의 동역자요 의사였던 누가가 성경을 쓰기 시작했을 때, 이미 여러 사람들이 성경을 쓰는 일을 시도했던 것을 알 수 있습니다. 우리가 가지고 있는 성경은 많은 사람들의 손을 거쳐서 오늘 우리에게 전해진 참으로 신기하고 놀라운 책이라고 말하지 아니할 수 없습니다.

물론 예수님이 부활하시고 승천하신 후, 곧 바로 성경을 기록할 필요가 없었습니다. 주님께서 약속하시기를 "갈릴리 사람들아, 너희를 떠나 하늘로 올라간 예수는 너희가 본 그대로 다시 오실 것이다."라고 하셨습니다. 이제 곧 재림하실 것이 뻔하다면 무엇 때문에 어렵게 파피루스와 양피지에 말씀을 적는 수고를 했겠습니까? 오히려 제일 먼저 복음을 땅 끝까지 전하는 일에 전념하고, 두 번째, 임박한 주님의 재림을 바라보며 종말론적인 삶을 살고, 세 번째, 성령 충만한 삶을 사는 것으로 충분하지 않았을까요?

그러나 차츰 성경을 기록해야 할 필요성이 생기기 시작했습니다. 그 이유로는 첫째 종말의 지연, 둘째 사도들의 순교와 시간의 흐름에 따른 증인들의 죽음, 셋째 기억력의 감퇴, 넷째 이단의 가르침을 들 수 있습니다. 다시 말해, 복음을 지키고 후손들에게 하나님의 말씀과 예수 그리스도의 가르침을 전해 주어야 할 필요와 이유가 생겼던 것입니다.

수케닉 박사와 야딘 장군

다시 1947년의 이야기로 돌아갑니다. 1947년 11월 23일, 이른 아침 예루살렘의 히브리 대학 고고학 교수인 수케닉 박사에게 한 통의 전화가 걸려 왔습니다. 구 예루살렘에 사는 한 아랍인 골동품 상인이 급히 고고학 교수를 만나자는 전화였습니다. 당시의 예루살렘은 두 부분으로 나누어져 확장되고 있었습니다. 예수님 당시의 예루살렘을 구 예루살렘(Old city)이라고 불렀고, 그곳에는 주로 아랍 사람들이 살고 있었습니다. 그리고 신 예루살렘(New city)이라고 불리는 새로운 상업지역은 유대인들에 의해서 신도시가 형성되어 가고 있었습니다.

다음날 오전, 고고학 교수와 골동품 상인은 철조망을 사이에 두고 만났습니다. 골동품 상인은 고대 히브리어로 쓰여진 양피지 한 조각을 들고 보여 주었습니다. 고고학자는 그것은 귀중한 성경의 자료이고 오래 전에 쓰여진 두루마리의 일부라는 것을 한 눈에 알 수 있었습니다.

골동품상의 말에 의하면 사해 부근 베두인들에 의해서 세 개의 두루마리 책을 발견했고, 현재는 베들레헴에 있는 아랍 상인이 보관하고 있다는 것입니다. 수케닉 박사는 베들레헴에 있는 아랍 상인을 찾아가기로 마음을 먹었습니다. 그러나 당시의 상황으로는 유대인이 아랍인의 도시인 베들레헴에 간다는 것은 생명을 건 모험이 아닐 수 없었습니다.

그날 저녁, 수케닉 박사는 아들에게 새로 발견된 성경 두루마리를 찾기 위해서 내일 아침 베들레헴으로 갈 것이라고 했습니다. 이 수케닉 박사의 아들은 나이 서른이 갓 지난 이스라엘 지하독립군대(독립이전이었으므로)의 대장 야딘(Y. Yadin)이었습니다. 후에 우리에게 야딘 장군으로 알려진 이스라엘 총 사령관입니다. 아버지의 이 말씀을 들은 아들 야딘은 심각해졌습니다. 그리고 아버지께 이렇게 말했습니다.

"고고학자의 아들의 입장으로는 베들레헴에 가시기를 권합니다. 그러나 한 유대의 아들로서는 위험하니 가지 마시기를 간청합니다. 그리고 이스라엘 군대의 총사령관으로서 나는 가지 말 것을 명령합니다."

그러나 이튿날 이른 새벽, 수케닉 박사는 베들레헴으로 향하여 출발했습니다. 그리고 그곳에서 아랍 상인과 흥정하여 세 개의 두루마리를 사는데 성공을 했습니다. 이것이 바로 고고학계를 깜짝 놀라게 한 사해 사본(Dead Sea Scrolls)이 세상에 빛을 보는 순간이었습니다.

수케닉 박사가 이 사본을 구입한지 꼭 두 달 후에, 또 한 통의 전화를 받습니다. 골동품 상인이 네 개의 또 다른 사본을 보여 줍니다. 이것들도 쿰란 사본인 것이 분명합니다. 수케닉 박사는 흥분해서 이 두루마리들도 사겠다고 제의했습니다. 그런데, 다음날부터 이 사람과의 소식이 뚝 끊어지고 말았습니다.

1953년, 아버지 수케닉박사는 세상을 떠나고 한편 군사령관 생활을 마친 야딘은 아버지의 뒤를 이어 고고학자가 됩니다. 1954년 강연차 미국에 간 야딘은 우연히 아버지가 사지 못한 네 개의 사본이 미국에 있는 것을 알게 됩니다. 미국인 중개인을 사이에 넣어서 흥정한 돈이 25만불이었습니다. 당시로는 어마어마한 돈이었습니다. 야딘은 본국으로 전보를 칩니다. 이스라엘 수상은 이런 답을 보냅니다.

"이스라엘 정부가 보증을 설 것입니다. 꼭 가지고 오시오."

고국으로 돌아오는 야딘의 가방 안에는 사해 사본 네 개의 두루마리가 들어있었습니다. 아버지의 꿈을 이은 아들의 노력으로 지금도 이 사본들은 예루살렘의 사해사본 박물관의 '책들의 전당'에 보관되어 있습니다.

우리나라에서도 사해 사본이 전시된 적이 있습니다. 2007년 12월부터 2008년 6월까지 용산의 전쟁기념관에서 사해사본 전시회가 열렸습니다.

한권의 책, 책의 종교

우리 기독교는 책의 종교라고 부를 만큼 하나님의 말씀인 『성경』을 중요하게 생각합니다. 오늘 우리 손에 성경이 전해지기까지의 역사를 살펴보면, 이 가운데 역사하신 하나님의 섭리와 하나님의 축복을 발견할 수 있습니다. 해마다 12월 둘째 주일은 성서주일입니다. 저는 오늘, 성탄과 성서주일에 주님이 오시는 것을 기다리는 대림과 성서의 의미를 함께 생각해 보려고 합니다.

독일의 신학자 칼 바르트는 하나님의 말씀의 신학을 강조했습니다. 여기서 바르트는 하나님의 말씀을 곧 바로 성서라고 말하지 않았습니다. 하나님의 말씀의 기본 형태는 육신을 입고 오신 예수 그리스도이시고, 2차적인 하나님의 말씀의 형태가 성서라고 설명했습니다.

요한복음 1장에서는 태초에 말씀이 계셨으니, 말씀은 하나님과 함께 계셨고, 그 말씀은 곧 하나님이셨다고 증거합니다. 다시 말하자면, 오시는 하나님의 이름을 말씀이라고 불렀습니다. 이스라엘 사람들은 초막절을 지킬 때, 하나님께서 자기들에게 성경을 주신 것을 감사드리는 잔치를 벌였다고 합니다. 참 좋은 전통입니다.

성경은 그 자체가 스스로 하나님의 오묘한 섭리를 증명합니다. 사람의 마음을 감동시키고 움직이게 합니다. 그래서 히브리서 4장 12절은 다음과 같이 말합니다.

> **"하나님의 말씀은 살았고, 운동력이 있어 좌우에 날선 어떤 검보다도 예리하여 혼과 영과 및 관절과 골수를 찔러 쪼개기까지 하며 또 마음의 생각과 뜻을 감찰하느니라."**

또 하나님의 말씀과 육신을 입고 오신 예수 그리스도는 같은 역할을 합니다. 하나님과 인간 사이를 이어주는 역할 말입니다. 성경은 이렇게 말합니다.

> **"십자가는 둘을 하나되게 하시고, 하나님과 화목하게 하셨으며, 원수 된 것을 소멸하게 하십니다."**(엡 2:16)

하나님과 인간 사이를 이어주는 통로의 역할을 해 주는 것이 성서이고 예수 그리스도 이십니다. 이런 점에서 대림절과 성서주일이 겹치는 것은 의미가 있습니다. 교회력으로는 주님 오심을 기다리며 대림절 초를 밝히고 아기 예수님을 기다리는 주일입니다. 그리고 우리 한국교회는 오늘을 '성서주일'로 지킵니다. 동시에 오늘은 세계 인권선언일을 앞 둔 12월 둘째 주일을 '인권주일'이라고 부르기도 합니다.

성경이 우리 손에 오기까지

오늘, 성서주일에 이미 성서의 역사에 대한 단편적인 여러 말씀을 드렸습니다만, 간단히 세 가지 사실만 강조하려고 합니다.

첫째, 성서가 우리 손에 쥐어지기까지 수고하고 목숨을 바친 분들께 감사하는 마음을 가져야 할 것입니다. 누가복음은 우리에게 이런 분들이 있었다는 것을 기억나게 해 줍니다. 1절과 2절에 이 일들을 글로 엮는 일에 손을 댄 사람들, 이 말씀을 전파한 사람들 또 우리에게 전해 준 사람 이런 사람들을 기억하라고 합니다.

오늘 우리가 이렇게 자유롭게 하나님의 말씀을 대하기까지, 이 말씀 때문에 순교한 분들이 있다는 사실을 기억해야 합니다. 한국에 첫 발을 내디딘 감리교 선교사 아펜젤러는 이 땅에서 순교하였습니다. 그가 어떻게 죽었는지 아십니까? 1900년에 번역된 성경전서에 미흡한 점이 많았습니다. 그래서 이 성경전서를 개역하는 일을 시작했지만 쉽지 않았습니다. 그리고 순조롭지 않았습니다. 레이놀즈 선교사가 주관하는 『성서번역

위원회』가 목포에서 열리기로 되어 있었습니다.

그가 한글선생인 조한규 씨와 인천에서 배를 타고 목포로 가는 길에 깊은 안개 때문에 아펜젤러 선교사 일행이 탄 배가 충돌하고 말았습니다. 이역만리에 복음을 가지고 왔던 아펜젤러 선교사는 성서번역 사업의 완성을 보지 못하고 군산 앞바다에서 그만 순교하고 만 것입니다.

성경을 널리 보급하는 일

우리는 하나님의 말씀인 성서가 더 널리 보급되고 반포되는 일에 동참해야 합니다. 왜냐하면 로마서의 말씀대로 복음은 모든 믿는 자에게 구원을 주시는 하나님의 능력이 되기 때문입니다. 지금도 성서를 애타게 기다리는 중국과 북한의 동포들에게, 그리고 아직 성서가 전해지지 않은 나라와 언어를 가진 사람들의 손에도 성경이 쥐어지도록 하는 일을 우리가 도와야 할 것입니다.

최근 세계성서공회의 통계에 의하면, 전 세계에 통용되는 언어의 수를 6,858개라고 추정합니다. 파푸아뉴기니에만 800개의 언어가 있다고 합니다. 이렇게 볼 때 우리 민족에게 하나의 언어가 있다는 것이 얼마나 큰 축복인지 모릅니다.

세계의 6800여개의 언어 중에서 세계성서공회의 통계에 의하면, 신구약성서가 모두 번역 된 언어는 383개 밖에 되지 않습니다. 신약만 번역된 언어는 987개, 쪽 복음이라도 번역된 언어는 891개라고 합니다. 이 말은 성서의 단편이라도 번역된 언어는 전 세계 언어의 1/3에 지나지 않는다는 것입니다.

수년 전에 파퓨아뉴기니에서 13년 성서번역작업을 하고 안식년을 맞이하여 귀국한 한 선교사님을 만났었습니다. 파퓨아뉴기니에만도 800개 언어가 있는데, 자기는 그 중에서 하나의 부족어인 '메케오'부족의 언어로 된 성경을 번역하는 것이라고 겸손하게 말했습니다. 이 언어를 쓰는 부족의 수가 13년 전에는 9,000명이었다가 지금은 그 수가 두 배로 늘어 약 2만 명이 되었다고 합니다. 그 영혼을 위해서 동역하는 미국 선교사들, 언어학자들 7~8명이 자기들의 생애를 걸고 있다고 보고해 주었습니다.

저들이 있기 때문에 하나님의 나라는 확장되어 가는 것입니다. 우리는 우리가 못 간다 하더라도 어떤 모양으로라도 이 일을 도와야 합니다. 성경은 하나님의 능력이라고, 성경에는 하나님의 의가 나타난다고 우리는 믿습니다.

그러나 공산주의자들은 종교는 아편이라고 가르칩니다. 오구스테 꽁트(Auguste Comte, 1798-1857)는 종교는 인간의 이성이 발달하면 자연히 소멸 될 것이라는 말을 했습니다. 종교라고 하는 것은 연약한 인간이 만든 것이고, 어차피 인간의 창작품이기 때문에 과학이 발달하고 물질문명이 극대화되면 인간은 서서히 종교를 떠날 것이라고 예견했습니다. 그러나 역사는 그렇지 않음을 보여 주고 있습니다.

영국에서 있었던 일입니다. 다섯 살 난 한 꼬마가 목사님께 1 penny를 내 밀면서 "목사님, 이 돈으로 인도에 성경을 한 권 보내 주세요" 했답니다. 1 penny는 아주 작은 돈이지요, 지금 우리 돈으로 25원쯤 되는 돈이지요. 다섯 살 짜리 꼬마의 부탁을 받고, 목사님도 자기 돈을 보태서 성경을 한 권 구입한 다음, 꼬마와 목사님이 사인을 해서 인도로 성경을 보낸 일이 있었답니다.

그리고 목사님은 그 일을 까마득히 잊어버렸습니다. 한 30년 쯤 지나고 나서 목사님은 나이가 많아졌고, 인도 시찰단에 속하게 되어 인도를 방문하게 되었습니다. 이곳 저곳을 다니다가 안내하는 분이 그 목사님 일행을 어떤 마을로 데리고 가셨다고 합니다. 왜 그 마을을 보라고 했을까요? 인도는 대부분

힌두교를 믿는데 그 마을만은 마을 사람들 전원이 예수를 믿는 마을이라는 것입니다. 어째서 이 마을이 예수를 믿게 되었는지 설명을 하면서, 처음 이 마을에 복음이 전해 진 것은 이것 때문이라고 하면서 한 권의 성경을 보여 주더랍니다.

맨 처음에 촌장인 자기가 이 성경을 읽고 마을의 한 가정, 한 가정이 성경을 읽고 예수를 믿게 되었고 결국 작은 부락이 다 크리스천 공동체가 되었다고 하는 것입니다.

목사님이 그 성경을 받아서 들고는 첫 장을 넘기다가 깜짝 놀라고 말았습니다. 그 첫 페이지에는 30여 년 전에 다섯 살 난 꼬마와 자기가 한 서명(sign)이 있었던 것입니다.

침묵하십시다.

15 가장 귀한 사랑

"그 지역에 목자들이 밤에 밖에서 자기 양 떼를 지키더니
주의 사자가 곁에 서고 주의 영광이 그들을 두루 비추매…"
(눅2:8~11)

"사랑은 여기 있으니 우리가 하나님을 사랑한 것이 아니요
하나님이 우리를 사랑하사 우리 죄를 속하기 위하여
화목제물로 그 아들을 보내셨음이라…"
(요일4:10~12)

행복한 사람들은 시간을 묻지 않습니다. 행복한 순간을 보내는 사람은 시계를 보지 않는 법입니다. 행복한 시간이 한참 지난 후, 갑자기 시계를 보고서, '언제 시간이 이렇게 지났어?' 하고 놀랍니다. 한 해가 참 빠르게 지나갔다고 느껴지는 분들은 모두 행복한 사람들입니다. 올해도 어느덧 마지막을 향하여 달려가는 12월 대림절 세 번째 주일이 되었습니다.

숯덩이였던 요엘이 금강석으로!

생후 20개월을 갓 넘긴 한 어린 아기, 조엘(Joel)과 아빠와 엄마, 그리고 아버지의 누이동생 즉, 고모네 식구들이 두 대의 차를 타고 여행을 떠났습니다. 아장 아장 걷는 하얀 피부의 귀여운 아이는 유아용 보조좌석에 앉아 있었습니다. 이들이 타고 있던 시보레 자가용은 미국 동부, 95번 인터스테이트의 한 고속도로 톨게이트 앞에 다가서면서 속도를 줄이고 있을 때였습니다.

조엘 가족이 타고 있던 승용차를 바퀴가 18개나 달린 40톤짜리 대형 트럭이 화물을 가득 싣고서 그대로 추돌하였습니다. 순간적으로 자동차 뒤 범퍼와 트렁크에서 불이 났고, 유아용 보조좌석(car seat)에 들어 있던 20개월 된 아기는 날아가서 불타는 자동차의 앞좌석과 뒷좌석 사이 발 놓는 통로에 빠져 버렸습니다.

아빠와 고모부는 시야에서 사라지고 동시에 연료탱크는 폭발하여 순식간에 화염에 휩싸였습니다. 20개월 난 어린 조엘은 새까맣게 탄 숯덩이 같았습니다. 머리카락은 하나도 남지 않았고, 정수리에는 허연 두개골이 드러나났고, 불에 탄 눈꺼풀은 감긴 채 흉하게 부어 올라있었습니다. 하얀 피부의 귀엽고 귀엽던 두 살배기 조엘은 순식간에 몸 전체의 85%, 3도 화상을 입은 숯덩이가 되었고 목숨을 건질 확률 10% 미만의 중환자가 되어버렸습니다.

그 후 18년 동안 조엘은 50여 차례의 수술로 긴 세월을 비명소리 가득한 병실에서 보내야 했습니다. 이 꼬마의 고통이 얼마나 심했겠습니까? 그러나 화상의 고통보다 더 한 것은 조엘에게 수군거리는 사람들의 말이었습니다. 손가락, 발가락이 하나도 없고, 눈썹, 코, 귀가 없고, 머리카락도 없는 조엘을 보고 사람들은 이렇게 수군거렸습니다.

"저것 좀 봐! 외계인 같다"

"저것을 보니 밥맛 떨어진다."

"왜 저런 것을 데리고 나오는 거야."

장장 26년! 그는 역경을 깊은 신앙을 키우는 계기로 삼았고, 그는 길지 않았던 자기의 생애를 통해서 대부분의 사람들이 평생 동안 남에게 끼치는 영향보다 더 많은 영향력을 끼쳤습니다. 다섯 살 때 조엘은 이미 TV에 초대 손님으로 출연했고, 조엘의 이야기를 담은 다큐멘터리는 전 미국에 방송되었으며, 그 프로는 에이미 상을 받았습니다. 미국의 여러 주지사들과 전직, 현직 대통령들의 찬사를 받았으며, 세계적인 복음 전도자인 빌리 그래함 목사 앞에서 설교를 하기도 했습니다.

생후 20개월, 최악의 전신화상을 입고 비명과 고통 속에서 자라며 18년 동안 50번 이상 수술을 받은 조엘! 아무것도 모르는 검은 숯덩이 인생이 말로 다할 수 없는 가치와 아름다움을 지닌 눈부신 금강석으로 변하여 오늘 같은 어두운 세상에 용기와 희망을 전해 줍니다.

많이 빼앗겨서, 많이 줄 수 있습니다.

그는 이렇게 말했습니다.

"모든 인간은 인생의 어느 시점에서 실패를 맛보기도 하고 심각한 손실을 겪습니다. 나는 더 이상 잃을 것이 없을 정도로 많은 것을 잃었습니다. 그러나 잃는 것이 얻는 것보다 인간에게 더 많은 것을 가르친다는 사실을 깨달았습니다."

오늘 우리는 이 성탄 주일에 조엘의 말 속에서 요한 1서에 기록된 하나님의 음성을 듣습니다.

"하나님께서는 우리를 사랑하셔서 화목제물로 그의 외아들을 주셨습니다. 그리고 이 세상을 위하여 모든 것을 주시고, 더 이상 잃을 것이 없을 정도로 많은 것을 잃으셨고, 급기야는 당신의 독생자, 예수 그리스도를 우리에게 주심으로 우리를 향한 당신의 사랑을 확증하셨습니다."

　보십시오! 요한 1서 4장 10절의 말씀은 바로 이러한 사랑을 우리에게 압축해서 전해 주는 말씀입니다.

"사랑이 여기 있으니 우리가 하나님을 사랑한 것이 아니요,
오직, 하나님이 우리를 사랑하사 우리 죄를 위하여 화목제로
그 아들을 보내셨음이니라!"

"많이 빼앗겨서 많이 줄 수 있었다."는 조엘의 고백은 "사랑하는 사람들아! 하나님이 이 같이 우리를 사랑 하셨은즉 우리도 서로 사랑하는 것이 마땅하도다!"라는 말씀으로 우리에게 다가옵니다. 우리 하나님은 주고, 주고, 또 주셨습니다. 보내시고, 보내시고, 또 보내셨습니다. 그리고 마지막으로 당신의 외아들까지 보내신 그 분의 사랑이 임하신 것이 바로 성탄!입니다.

성탄은 가장 큰 사랑의 표현

　주님의 오심을 기다리며 크리스마스를 앞에 두고 '성탄의 본질이 무엇인가?'라는 질문에 답을 찾아봅시다. 해마다 성탄절이 되면, 우리는 선물을 나눕니다. 성탄카드를 보내고 산타크로스를 기억합니다. 거리에는 케롤이 울려 퍼지고 아름다운 장식에 불을 밝힙니다. 이때가 되면 어김없이 구세군의 자선냄비가 등장합니다. 서울 시청 앞에는 사랑의 온도계가 세워집니다. 성탄절에는 유난히 많은 사람들이 고아원과 양로원을 찾아가고, 교회에서도 성탄절에 드려지는 헌금은 어려운 이웃을 위해서 사용하고, 그들에게 보내집니다.

이 모든 것을 포함하는 한 단어를 찾으라면 여러분은 무엇을 선택하시겠습니까? '사랑'입니다!

제 2차 세계대전 때의 미국의 뉴욕에서는 아들을 전쟁터에 보낸 집마다 유리창에 별을 하나씩 붙였답니다. 한 아버지와 어린 아들이 밤길을 걷다가 창문에 붙은 별을 보고 아들이 묻습니다.

"아빠, 저 별이 뭐예요? 왜 저렇게 붙여 두었어요?"

아빠가 설명합니다.

"저 별이 있는 집은 아들을 전쟁터에 보냈다는 표시란다."

어떤 집은 별이 있고, 어떤 집은 없었습니다. 또 어떤 집은 별이 두 개나 붙어 있었습니다. 이렇게 별을 찾던 꼬마가 문득 하늘을 쳐다보더니 하늘에도 별이 있는 것을 보고서는 깜짝 놀라서 이렇게 말했습니다.

"아빠! 저기 보세요! 하나님도 아들을 전쟁터에 보내셨나 봐요! 하늘에 저렇게 많은 별들이 반짝이고 있잖아요!"

이 아들의 말에 아빠는 그동안 생각하지 못했던 하나님의 사랑을 떠올리게 되었습니다.

그렇습니다! 이 꼬마의 표현대로 하나님께서 인류를 사랑하셔서 세상에 당신의 아들을 죄로 물든 인생들을 구원하시기 위해서 우리 죄를 위하여 화목제로 그 아들을 보내셨습니다! 이것이 바로 성탄절의 의미, 성탄의 본질인 것입니다.

그래서 찬송가 가사처럼 크신 하나님의 사랑을 말로 다 표현하지 못하는 사랑이 바로 성탄의 사건인 것입니다. 그러니 "하늘을 두루마리 삼고 바다를 먹물 삼아도 그 사랑을 다 기록할 수 없다."는 고백과 찬송이 바로 3절에 나오는 가사입니다.

누가복음은 이 성탄의 소식을 온 백성에게 미칠 큰 기쁨의 소식이라고 표현했습니다. 그래서 성탄을 기쁨이라고도 표현하지만, 사실상 이 기쁨 역시 하나님의 사랑으로 인한 기쁨이요, 하나님의 사랑이 임하셨기 때문에 누리는 기쁨인 것입니다!

어느 해 겨울, 성탄을 앞두고 여섯 살짜리 유치원생들의 학예발표회가 있었습니다. 몇 주 동안이나 연습해서 부모님들을 초청해서 그 동안 배운 노래며, 무용이며 마음껏 자랑하는 날이었습니다. 니콜라스 반의 순서가 되었습니다. 아이들은 크리스마스의 사랑(CHRISTMAS LOVE)라는 노래를 불렀습니다. 털이 보송보송한 빨간 장갑을 끼고, 빨간 스웨터로 복장을 갖추어 입고 노래를 불렀습니다. 앞줄에 있는 아이들은 큰 글자 판들을 들고 있었는데, 그 노래의 마지막 부분에 와서는 크리스마스의 C라고 노래하면, 한 아이가 C자가 적힌 글자판을 들고, 해피의 H라고 노래 할 때, 글자 H를 들기로 되어 있었습니다. 그래서 노래가 끝날 때는 CHRISTMAS LOVE라는 글자가 완성되는 것이었습니다.

모든 것이 순조롭게 진행되었습니다. 그런데 갑자기 작고 얌전한 여학생 하나가 M자를 거꾸로 들고 말았습니다. 그래서 M자가 W자로 변하고 만 것입니다. 거기다가 작은 여학생의 몸이 조금씩 움직여서 자기가 서야하는 사람보다 떨어져서 글자가 이상하게 되어버렸습니다. 사람들은 키득거리고 웃기 시작했습니다. 그러나 순진한 아이는 자기를 보고 웃는지도 모르고 열심히 글자를 다 완성했습니다. Christmas Love가 Christ was Love라는 글자가 되고 말았습니다.

노래가 끝나고, 여섯 살 반을 가르친 선생님이 나와서 인사를 하셨습니다. 모두들 박수를 치고 격려하는 동안 선생님이 의미 있는 멘트를 하셨습니다. Christmas Love가 Christ was Love로 변했습니다.

예수님은 사랑이셨습니다. 그리고 저는 믿습니다. 예수님은 지금도 여전히 사랑이심을. 그리고 그 날 학예회에 온 모든 사람들은 한 여학생의 실수로 말미암아 가장 중요한 성탄의 의미를 발견하게 되었던 것입니다.

예수님은 우리에게 참 사랑을 가르쳐 주시기 위해서 오신 분이십니다. 그렇기 때문에 성탄을 기다릴 때마다 우리 속에 있는 미움과 증오, 시기와 분쟁, 갈등과 분열을 떨쳐 버려야 합니다. 성탄을 기다리는 이 계절에 우리의 불완전한 사랑을 하나님의 완전하신 사랑으로 바꾸어 가야 합니다. 인간관계의 모든 불편도 해소하시기 바랍니다. 부부간에 화목하지 못한 사람! 형제와 자매, 이웃과의 앙금을 깨끗이 씻어버리시기 바랍니다.

인간관계에 이런 공식이 있습니다.

5-3=2 : 오해도 세 번 생각해 보면 이해 할 수 있고

2+2=4 : 이해하고 이해하면 사랑이 생기는 법입니다.

지금까지는 이해하지 못했던 것을 이해하고, 용서하고, 서로

간에 화목을 추구하시기 바랍니다.

하나님의 사랑을 보여준 조엘

여기에 사랑이 있습니다. 이 사랑의 뿌리, 사랑의 시작은 하나님이셨습니다. 우리가 하나님을 사랑한 것이 아니라 하나님이 먼저 우리를 사랑하셔서 우리 죄를 위하여 독생자(그 외아들)을 화목제로 보내주셨습니다. 그러므로 사랑하는 교우 여러분, 우리가 서로 사랑하는 것이 마땅한 일입니다!

다시 처음에 말씀드린 조엘의 이야기를 조금 더 들려 드리겠습니다. 조엘의 가족들은 18년 전, 자기의 불륜사실(부정)을 폭로하겠다고 하는 정부(情婦)의 차를 추돌하려고 하다가 엉뚱한 대형 사고를 내고 도주한 트럭기사 '도트'가 18년 만에 붙잡힌 이야기가 나옵니다. 그리고 조엘과 그의 가족들이 가해자인 트럭기사와 법정에서 만납니다. 그리고 다음과 같은 말로 로엘은 진술했습니다.

"도트 씨, 당신은 아마도 지난 18년 동안 저에 대해서 까맣게 잊고 살았을 것입니다. 당신도 들어서 알겠지만, 저와 우리 가족은 그 동안 말할 수 없는 고통 속에서 살았습니다. … 저는 1979년 9월 15일에 대한 기억은 없습니다. 부모님과 떨어져 두려움과 외로움에 떨며 병원에서 생활했던 것이 제가 가지고 있는 가장 오래된 기억입니다. … 당신은 저에게서 유년시절을 다 빼앗아 갔습니다. 그러나 저와 제 가족들을 위한 수많은 사람들의 기도는 빼앗지 못했습니다. … 이미 50차례의 수술을 받았으며, 내가 병원에 입원해 있는 기간만 해도 2년이 넘습니다. 이 고통과 아픔으로 점철된 생애를 보상할 정의가 어디 있습니까? 저는 이 법정에서 정의가 세워지고, 여기서 정의가 회복된다고 보지 않습니다. 그러나 완벽하고 완전한 정의는 존재합니다. 그 정의는 저와 우리 가족들이 일상의 삶을 계속해 나갈 때, 존재하고 회복될 것입니다. 도트 씨! 저는 당신을 위해 기도합니다. 당신이 우리의 구주이신 예수 그리스도의 용서와 은혜가 한이 없다는 것을 깨닫게 되기를 기도합니다. 주님께서 우리를 먼저 사랑하셨기 때문에, 주님 없는 세상은 무의미하다는 것을 당신도 깨닫게 되기를 기도합니다."(pp.313-315)

조엘은 도트에게 오늘 우리가 읽은 본문, 요한 1서 4장 11절을 읽어주면서 자기의 진술을 마무리 했습니다.

"사랑하는 자들아, 하나님이 이같이 우리를 사랑하셨은즉 우리도 서로 사랑하는 것이 마땅하도다."

그리고 당신도 주님의 사랑을 깨닫고, 주님 없는 세상은 무의미하다는 것을 깨닫게 되기를 기도한다고 말을 마쳤습니다. 그리고 그날 법정에 나온 모든 기자들과 방청석의 사람들에게 감동적인 말로 진술의 마지막 희망을 전했습니다.

"저는 증오심으로 인생을 허비하지 않을 것입니다. 원망과 절망은 또 다른 고통을 낳기 때문입니다. 대신에 사랑으로 하나님의 은혜 안에서 무한한 사랑으로 둘러싸일 것입니다!"

바로 이것이 '성탄'이 우리에게 주시는 메시지이며 성탄의 본질입니다.

침묵하십시다.

16 크리스마스 메시지 "기쁨!"

"박사들이 왕의 말을 듣고 갈새
동방에서 보던 그 별이 문득 앞서 인도하여
가다가 아기 있는 곳 위에 머물러 섰는지라."
(마태복음 2:9-11)

"천사가 이르되 무서워 말라. 보라, 내가 온 백성에게 미칠
큰 기쁨의 좋은 소식을 너희에게 전하노라."
(누가복음 2:10-11)

"너희는 이 모든 일의 증인이라. 볼지어다. 내
가 내 아버지의 약속하신 것을 너희에게 보내리니…"
(누가복음 24:48-51)

메리크리스마스! 온 세상이 흰눈으로 덮힌 화이트크리스마스 아침입니다.

오늘 이 맑고 깨끗한 세상을 주신 하나님께 감사하는 복된 성탄절이 되기를 기원합니다.

온갖 위험을 무릅 쓰고

2차 세계 대전 중에 있었던 일입니다. 어느 어둡고 무서운 밤, 미국의 항공모함 한 척이 남태평양의 거친 바다를 헤치며 작전 중이었습니다. 적군의 잠수함이 그 해역에 있다는 정보가 있었으므로 항공모함은 잠수함의 공격을 피하기 위해서 배의 모든 불을 껐습니다. 등화관제(燈火管制) 중이었던 것입니다. 어둡고 캄캄한 밤, 망망대해에서 항공모함에 불이 켜져 있을 경우 적군의 공격목표가 되기 때문이었습니다.

그런데 이 시간까지 항공모함에서 발진한 전투기 한 대가 돌아오지 않았습니다. 가끔씩 전투기의 엔진 소리가 들렸다가 사라지고, 또 가까이 왔다가는 사라지곤 했습니다. 아마 전투기의 조종사는 이 캄캄한 망망대해에서 빠지지 않고 내릴 수 있는 유일한 희망인 항공모함의 위치를 찾지 못하고, 절망 가운데, 이 항공모함 주변을 빙빙 돌고 있을 것이 분명했습니다. 이때 함장은 항공모함의 중앙통제실을 비롯한 전 장병에게 명령을 내렸습니다.

"모든 위험을 무릅 쓰고 즉시 배와 활주로에 불을 밝혀라! 그리고 지금부터 제군들은 각자의 위치에서 임무를 수행한다!"

즉각 활주로에 불이 켜지고 항공모함의 위치가 알려지자 곧바로 핑음을 내며 전투기 한 대가 보금자리를 찾아오듯이 활주에 미끄러지듯이 내려앉았습니다. 이 예화 뒤에는 이런 설명이 붙어 있었습니다.

하나님은 이 일이 얼마나 위험한 일인 줄 아시면서도 오늘, 베들레헴에 명령을 내리셨습니다. "세상을 비출 빛을 밝히라고!" 이것이 바로 '성탄'이었습니다. 우리도 압니다. 이 일이 얼마나 위험한 일이었는가를…!

그러나 해마다 성탄절에, 이런 모든 위험을 무릅 쓰고 하나님은 예수님을 세상의 빛으로, 세상의 기쁨으로 우리에게 보내주십니다. 이로써 성탄은 하나님이 이 세상을 얼마나 사랑하시는지를 극명하게 보여 준 것입니다.

성탄은 기쁨입니다.

예수님의 탄생! 성탄을 알리는 천사 가브리엘의 첫 마디는 성탄이 기쁨이고, 좋은 소식이라는 것이었습니다. 두 번째 본문인 누가복음 2장 10절은 말합니다.

"천사가 이르되 무서워 말라. 보라, 내가 온 백성에게 미칠 큰 기쁨의 좋은 소식을 너희에게 전하노라. 오늘날 다윗의 동네에 너희를 위하여 구주가 나셨으니 곧 그리스도 주시니라.”

오늘 우리는 이 기쁨을 만난, 세상이 줄 수도 세상이 빼앗을 수도 없는 이 기쁨을 간직한 동방박사를 만나게 됩니다.

별보고 따라온 동방 박사들

동방박사들은 별을 보고 별을 따라 먼 길을 온 사람들이었습니다. 그러나 그들을 인도한 별이 예루살렘에 이르렀을 때, 갑자기 멈추어 섰습니다. 예루살렘에 도착한 그들은 “유대인의 왕으로 나신 이가 어디 계시뇨? 우리가 동방에서 그의 별을 보고 그에게 경배하러 왔노라.”라고 말하면서 이리저리 수소문하였습니다. 불행하게도 그 당시 예루살렘은 왕위계승문제로 여러 분파로 나누어져 있었고, 국론이 분열되어 서로 심각한 이권다툼을 하고 있을 때였습니다.

헤롯은 왕권에 대한 집착이 대단했고 권좌에 위협이 될 만한 사람은 누구나 찾아서 죽이던 불안과 공포 정치를 하던 통치자였습니다. 그래서 헤롯은 잔인하고 의심이 많았으며 아무도 믿지 않았습니다. 10명의 아내 중에 이미 여러 명을 죽였고, 처남도, 장인도 반역의 기미가 보인다고 죽였으며, 자기 아들 중에도 왕권을 위협하는 세 아들을 죽였습니다.

요세푸스에 의하면, 그는 환각증세에 시달렸고 병세가 악화되어 죽기 닷새 전에도 자기 아들 안티패트가 살해당하는 것을 보아야 했고, 몇 번인지도 모를 만큼 여러 번 유언장을 바꾼 불행한 왕이었습니다. 이런 노이로제와 열등감에 사로잡힌 헤롯에게 "유대인의 왕으로 나신 이가 어디 계시뇨?"라는 박사들의 질문은 또 다시 대량 학살을 계획하도록 했던 것입니다. 자기 왕권을 위협하는 이 아기를 당장 살육하지 않고는 견딜 수 없었을 것입니다.

왕은 즉각 대제사장들과 서기관들을 불러 "그리스도가 어디서 나겠느뇨?"묻습니다. 이 질문은 전문가들인 그들에게 어려운 물음이 아니었습니다. 곧바로 유대 땅, 베들레헴이라는 답을 얻습니다. 그러나 헤롯은 자기의 불안을 드러내지 아니하고 빈틈없는 계략을 꾸밉니다. 동방에서 온 박사들을 조용히 만나 별이 나타났던 정확한 시간을 묻고 아기를 찾거든 자기에게도 꼭 알려 주어야 한다고 다짐을 받습니다. 그리고 자기도 그 아기에게 경배할 것이라고 포장합니다.

우리는 여기서 이렇게 추측해 볼 수 있습니다. 먼 길을 온 박사들은 예루살렘 헤롯의 궁에서 환대를 받았을 것입니다. 원래 자기 백성에게는 가혹한 독재자들이 바깥 사람들에게는 지나칠 정도로 관대하고 호의를 베푸는 법입니다. 백성들을 짓밟는 독재자들은 약한 사람에게는 무섭게 군림하지만 강한 사람 앞에는 한없이 비굴해지는 법입니다.

혜롯은 박사들에게 더 많은 정보를 얻어내기 위해서, 더 정확한 시간을 알아내기 위해서, 그리고 또 돌아가는 길에 자기에게 새로운 정보를 줄 것을 기대하면서…… 동방박사들의 환심을 사려고 온갖 노력을 다 기울였을 것입니다. 그러나 박사들은 혜롯의 궁궐에 더 오래 머물지 아니하고 혜롯이 주는 즐거움과 유혹에 빠지지 아니하고 다시 길을 떠납니다. 그 때 동방에서 보던 그 별이 다시 문득, 앞에 나타나 그들의 길을 인도하여 주었던 것입니다.

오늘 본문 마태복음 2장 9절과 10절을 주목하고, 눈여겨보시기 바랍니다.

"박사들이 왕의 말을 듣고 갈 새 동방에서 보던 그 별이 문득 앞서 인도하여 가다가 아기 있는 곳 위에 머물러 섰는지라. 저희가 별을 보고 가장 크게 기뻐하고 기뻐하더라."

성탄은 우리에게 이 기쁨을 가져다주는 날입니다. 이 기쁨은 세상이 주는 기쁨과 다른 기쁨입니다. 하나님께서 우리에게 주시는 기쁨! 예수 그리스도를 만나 사람의 기쁨은 세상의 기쁨과 바꿀 수 없습니다.

기쁨인가? 재미인가?

기쁨과 재미는 다릅니다. 세상이 주는 즐거움은 재미입니다. 연말이라 송년 모임이 많습니다. 여기 거기서 사람들을 만나고, 이야기를 나누고, 밥을 먹고, 헤어지기 싫은 사람들은 2차, 3차를 즐깁니다. 이렇게 신나고 놀고 집으로 돌아옵니다. 아내가 묻습니다. "여보, 오늘 모임 어땠어요?" 남편들은 "재미있었어!"라고 대답하지, "기쁨이 충만했었어!"라고 대답하는 사람들은 없습니다.

예수 믿는 우리를 보고 세상 사람들은 이렇게 말합니다. "술도 담배도 못 먹고 세상 무슨 재미로 사냐?"고 묻습니다. 전도를 하다보면, "믿기는 하겠지만 지금은 세상의 재미를 조금 더 맛보고 세상에서 좀 더 놀다가 나중에 믿겠다."고 대답하는 사람들을 만날 때가 있습니다. 그들도 알고 있습니다. "세상은 재미라는 것을 …" 그러나 기쁨은 하나님 안에서 누리고, 하나님 안에서 맛볼 수 있는 선물이며 축복입니다.

한번은 하이든에게 어떤 사람이 물었습니다.

"선생님의 음악은 어째서 기쁨으로 가득 차 있습니까? 이유가 무엇입니까?"

하이든은 이 유명한 대답을 남겼습니다.

"주님께서 내 안에 폭발하는 기쁨을 주셨습니다. 그 분이 내 손과 펜대를 움직이고 계시는데, 내가 어떻게 기뻐하지 않을 수 있겠습니까?"

주님 안에서 기쁨을 맛볼 수 있습니다. 우리는 주님 안에서만 이 기쁨을 만날 수 있습니다. 동방 박사들이 만난 그 기쁨! 그래서 그들이 별을 보고 가장 크게 기뻐하고 기뻐하였던 것처럼 말입니다.

교회는 기쁨의 공동체

인생에서 가장 창조적이고, 건설적인 에너지는 바로 예수 그리스도로 말미암는 누리는 기쁨입니다. 오늘 우리가 읽은 성경 말씀은 누가 복음 24장 부활하신 예수님이 승천하시기 직전에 제자들에게 하신 말씀입니다. 여기 51절과 53절을 보시기 바랍니다.

"(예수께서 손을 들어 저희에게) 축복하실 때에 저희를 떠나 하늘로 올리우시니 저희가 (그에게 경배하고) 큰 기쁨으로 예루살렘에 돌아가 늘 성전에 있어 하나님을 찬송하니라."

'큰 기쁨으로 돌아간…' 그들은 12 제자들이었습니다. 이 기쁨은 사도들에게도, 사마리아 여인에게도, 막달라 마리아에게도 전해 졌고 사도 바울에게도 전해져서 그는 감옥에 갇혀있으면서도 '주 안에서 항상 기뻐하라 내가 다시 말하노니 기뻐하라'라고 말할 정도로 이 기쁨을 소유한 사람이 되었던 것입니다.

이렇게 볼 때, 그분은 오심으로부터 그 분의 죽음과 부활과 승천까지도,… 아니, 우리 주님의 생애 전체는 우리에게 주시는 기쁨 그 자체이셨습니다. 그러므로 그분의 제자들인 우리는 이 기쁨을 간직한 사람들이고, 교회는 세상이 줄 수 없는 기쁨을 주는 재미가 아닌 기쁨! 조이(joy)! 우리의 내면에서 솟아나는 샘솟는 '기쁨의 공동체'인 것입니다.

어느 작은 병실에 두 남자 환자가 입원해 있었습니다. 한 사람은 폐암 말기 환자로서 죽음을 선고받은 환자이고, 또 한 사람은 디스크 수술을 받은 환자여서 꼼짝없이 침대에 누워 있어야 했습니다. 병세로 말하자면, 폐암 환자가 더 절망적이었고 디스크 환자는 언젠가 다시 일어날 수 있는 환자였습니다. 그러나 현실적으로 폐암 환자는 하루 몇 시간씩 침대에서 일어나

창밖을 내다 볼 수 있습니다. 그러나 디스크 환자는 꼼짝하지 못하고 반듯이 누워있기만 해야 합니다.

폐암환자는 늘 기쁜 얼굴이었고, 창밖을 보면서 흐뭇해했습니다. 디스크 환자가 폐암 환자에게 "창 밖에 무엇을 보고 있느냐?"고 물었습니다. "아름다운 호수가 보이고, 보트를 타는 사람들이 있고, 백조가 보이네요… 호숫가를 산책하는 연인들이 있고, 잔디밭에 뛰노는 아이들도 보이구요…." 디스크 환자는 그가 부러웠습니다. '저 사람이 매일 저렇게 기쁜 까닭은 그의 침대가 창가에 있기 때문'이라고 생각하니 시기심이 생겼습니다.

그 날부터 속으로 폐암환자가 빨리 죽기를 바랐습니다. 저 환자가 빨리 죽으면, 내가 저 창가로 가야지. 어느 날 밤, 폐암 환자는 고통스럽게 기침을 합니다. 디스크 환자는 모른 채 하고 돌아누웠습니다. 아침이 밝았을 때, 옆 침대는 조용했습니다. 폐암환자가 세상을 떠난 것입니다.

디스크 환자는 자기를 창가로 옮겨 달라고 부탁합니다. 그는 있는 힘을 다해서 창밖을 내다보고 깜짝 놀랐습니다. 창밖에는 아무것도 없었고 회색 콘크리트의 담벼락만 있을 뿐이었습니다! 그제서야 디스크 환자는 알았습니다. 폐암 환자의 기쁨은 상황 때문에 생긴 기쁨이 아니라, 그가 선택한 기쁨이었고 그 사람이 만들어 낸 창조된 기쁨 이었다는 사실을. 지금은 죽었지만 그는 기뻐 할 수 없는 상황에서도 기쁨을 창조하는 능력을 가진 사람이었습니다.

오늘! 성탄을 경험한 우리는 바로 이런 사람들입니다. 왜냐하면, 우리는 오늘 세상이 주는 쾌락이 아닌 참 기쁨을 선물로 받았기 때문입니다.

침묵하십시다.

책을 마치며...

설교는 목사의 특권이고 기쁨이지만, 늘 무거운 짐이고 숙제입니다. 설교학을 가르친 루돌프 보렌(Rudolf Bohren)교수는 목사를 "하나님의 말씀을 위한 봉사자"라고 불렀습니다. 모든 설교자는 하나님 앞으로 떨며 나아갑니다. 결국 설교의 기적은 설교자를 통하여 일어납니다.

목사들에게 '기독교의 절기'에 설교를 준비하는 일은 어려운 작업입니다. 매 절기 같은 본문으로, 같은 회중들에게 설교해야 하기 때문입니다. 장기 목회를 하시는 목사님들은 모두 동일한 고민을 하실 것입니다. 대림절과 성탄절, 사순절과 고난, 부활의 절기가 바로 그런 때입니다.

성서일과(Common Lectionary)에 따라 주어진 그 해, 그 본문으로 설교하는 것은 좋은 전통입니다. 그러나 대부분의 한국 교회는 아직 '성서일과'의 전통을 따르지 않기 때문에 '대림절과 성탄절'의 설교를 모아 「하나님의 선물–성탄의 기쁨」이라는 제목으로 이 책을 엮었습니다.

한국 교회에는 하나님께서 보내신 훌륭한 설교자들이 많이 계십니다. 그분들 가운데 제가 존경하는 김호식 목사님께 간곡히 부탁을 드려 대림절과 성탄절 설교 여덟 편을 받았습니다.

김 목사님은 향린, 경동, 예닮교회에서 목회하신 훌륭한 목회자 사자후를 가진 설교가이십니다. 저는 목사님의 후임으로 예닮교회를 섬기는 은혜를 입었습니다. 그 후 오래 동안 아프리카 마다가스카르에서 선교동역자(mission co-worker)로 사역하면서도 김호식 목사님의 설교를 한국 교회에 소개하고 싶은 마음을 계속 간직하고 있었습니다.

한국 교회 강단을 섬기시는 동역자들께서 대림과 성탄절의 설교를 준비하실 때 새로운 아이디어 착상에 작은 도움이 되기를 바라는 마음입니다. 이 책을 위해서 수고해 주신 행복우물의 최대석 대표님과 사진을 제공해 주신 황소연 집사님께도 감사드립니다.

2018년 대림절을 앞두고
김창주 목사